KB075663

앙앙앙앙

앙앙앙앙

류진 시집

창비

하오나 당신이 음미할 당신이 이곳에 없으니

차
례

여름

010   우르비캉드의 광기

012   6월은 호국의 달

015   비스마르크 추격전

020   칭다오 지네튀김

024   5월은 가정의 달

026   환태평양 불의 고리

028   팔달시장이 집 앞으로 몰려오기 전까지는
멸망하지 않는다 사람이 낳은 자는 너를
죽일 수 없다

031   데데킨트의 절단

034   마죽 무서워

038   ¿ 꿈의 포로 아크파크?

040   존

042   마리냐가 준 소녀의 인생

046   이정재

049   신체 포기의 각서

054   마음 포기의 각서

058   외야수

059   크와트로 바지나

062   열차포 구스타프

066   다음 대상의 무게를 구하시오

069   악몽 망고

072   펠리컨

078   볼링 붐

겨울

080   러시아식 역원근법

081   되겠습니다

086   편안했습니다

088   리치킹

093   홍금보

095   사유사

097   어제 안 한 퇴화

099   시브체프 브라제크

100   불에 탄 나무토막 같구나, 아스케

104   *オレノカチダ*

106   드미트리, 드미트리예비치, 쇼스타코비치,

110   때때로 겨울이 나타나는 이상한 풀밭 점묘

113   나탈리아 세르게예브나 본다르추크

116   구미호

118   김영만

120   백종원

123   전우주멀리울기대회

128   누레예프의 눈보라

130   서정의 짐승

133   권태의 괴물

138   순간의 마귀

142   원쑤의 가슴팍에 땅크를 굴리자

146   부록: 어찌하여 나는 비겁하고 치사하며
       우아하게 되었는가

166   해설 | 조재룡

193   시인의 말

여름

우르비캉드의 광기

넘어졌는데 바닥이 따뜻할 때
흘렸는데 코피가 차가울 때
운동회를 열기로 했습니다

착지했는데 목성일 때
당겼는데 빗줄기일 때

나무떼가 철컥철컥 갑옷일 때

마음인데 차가운 햄일 때
물병 속의 물결인데 빠졌을 때

청군이 이기기로 했습니다

사냥꾼이 구름을 쏠 때
아이들이 후드득 떨어질 때

앞니에 노을이 안 지워질 때
눈물인데 돗자리가 반짝일 때

죽었는데 김밥일 때
준비하시고 개미는 응원입니다

6월은 호국의 달

잘됐네
나라를 지켜서

나라 지켜서 잘됐네

잘됐어

왜 당하고만 있어
너 바보야?
눈알을 확 파버렸어야지

누나를 어
누나가

업고 달려 내려갔어요 황금 벌레를
나는 속눈썹 끝으로 호두의 흔들림
데려갔어요 소중히 감싸 쥔 눈알과
구름의 느린 날과

눈앞에 대파밭이 느리게 펼쳐져 있었습니다

있었습니까? 없었습니다

없었습니까? 있었을까요?
여름 대파밭

너 바보야?
나라는 원해요 나라는 희망을 실컷 펼쳤어요 이제는 안
되겠어요
이제는 피망만 되겠어요 도저히, 누나

도저히, 그것은
어느 나라야?

달려,
손안의 호두 소리

달려,

어둠은 앵두 소리
죽음은 자두 소리

달려,
두번이나 누 앞에서 미끄러진 이리는
이리 결정했습니다 이번 회엔 반드시 굶주리고

깎아내는 거야 눈썹 끝에 맺는 잠의 귀퉁이
그것을 지켜서, 호두 껍데기를 잔뜩 쌓아서
나라는

그것은 잔뜩 잘됐을 것이다

손에서 눈알이 녹아내리는 순간을
나라는 당하고만 있을 것이다,라는
5월은 가정의 달

비스마르크 추격전

하필 오월의 공기가 허물어져
흙에 깃들고 우레가 물러나고 빗물마저
냉담한 아이처럼 눈앞에 떠올라 이곳의 사태를
도무지 따라갈 수 없으니

계단이 끝나지 않아 정말이지 엉덩이
차갑군 비스마르크여, 식은 용암처럼 뒤틀린 빵이여 그거
아는가 라일락의 삼분의 일은 언두부로
싸늘한 향을 내고 삼분의 일은 기다림의 끝에서 분화하고
삼분의 일은 흩어지더라도 결코 붉지 않겠다고

폭풍의 발가락을 누가 세는가 결함투성이 빨래기계에
누가 코트를 맡기는가 매일매일 어둠 속에서 돌아가는 코
트를

어둠 속에 걸려 내려다보는 옷깃을
누가 접어 위탁하는가 무능한 조합장이 조합을 망칩니다
위력적인
슬픔만이 감량에 성공합니다 우리는 강변을 달릴 것입

니다!

손에 쥔 팻말은 공평한 것이다 괴물이 쫓아와요 노란 나
비가
구멍을 긁고 있어요 당근을 수프에 빠뜨리려 해요 그래그
래 슬프고 힘든 나머지

슬프고 힘든 것들
난간 위를 걸으며 철로처럼 멀어지는 것들
난 대변한 적 없어요 대신 말해버리면
네가 되지 못하잖아요 슬프고 힘들고 구렁에 고여 어두워
지는 네가

모자라다고 했습니다
조달청에선 빠른 시일 내에 조달한다고 했습니다 조달청
에선
대신 인도할 벼락을 보낼 테니 기다리라고 했습니다 조달
청에선
거대한 물을 내린다고 했습니다만 이미 붉게 지친 라일락

은 어떻게?

　오늘의 대기를 무너뜨리면 어제의, 어제의 대기를 부수면
그때의 느낌이
　허파에서 불타니, 수업이 끝나질 않아 엉덩이
　차갑군 보아라, 진군하는 책상과, 머리에 왕관을 끼었은
　학생들을⋯⋯

　학생은 인용하길 원합니다 아픔을 외워요
　반성할 시간이 없습니다 장칼로 아빠의 목젖을 찌르고
　독으로 넘치는 포도주를 들이켜는 시대가 아닙니다

　엄마를 찢을 시간이 없어요
　한달 전엔 먼지가 없었겠습니까 십년 전에는,
　백년 전에는 먼지가 사람을

　만들었겠습니까 사랑 때문에,
　밤바람 맞으며 새우튀김을 곰곰이 씹었습니다 사냥 때
문에,

몇번이고 태양을 모아 깨물었습니다 밤바람 속에서

터져 흘렀습니다 잇몸의
피로 넘치는 장마철의 강과 같이

따라 달립니다
놓치지 않습니다 기필코 잡아낼 것입니다
씨를 말릴 것입니다 함대원은 들으라 전 포문 개방 일제
히 ── 발사!
나는 나의 아픔으로 갑판에 서 있습니다 대신 아파버리면
네가 되지 못하기 때문에

교훈을 쏘아드리지요? 교훈에
피격당했다면 온전히 떠 있겠습니까 적당히 외롭고
적당히 쿨쩍이고 적당히 비틀거리다 밀려왔겠죠 구경꾼
이 떼 지어 상륙한
뭉툭한 해변으로

곤경이 올 것입니다 수프를 받아낸 식탁보처럼

사랑의 시대가 오고

장대높이뛰기를 잘할 것입니다 수프가 뛰어내린 식탁보
처럼

입맛이 개선되고 혈압이 안정되고

잘한다 잘한다 톱질 소리 높아지더라도 창밖에선

길게 파랗게 엄마들이 드리우겠죠?

나는 그게 억울해

칭다오 지네튀김

저기 냇가에서 흔들리는 게 수천개 다리라면 어떨까
폭풍우가 지나고, 물가에서 흔들리는 풀들이
제각기 움직여 기어가는 다리라면

마음에 두드러기가 난다 무언가 훑고 간 것처럼

가고 싶은 방향은 모두 다른데, 어디론가 가게는 되는
머리, 가슴, 배처럼
동물계, 절지동물문, 순각강, 깊은바다지네목, 깊은바다지
넷과,처럼

입주 지원 동기: 경멸과 피아노

먼지와 물안개의 고장에서 왔습니다 짠짠
무엇 하나 제대로 해낸 적 없이 살았습니다 피아노
앞으로도 삶을 개선하고자 하는 의지가 없습니다 피아노
애인은 미간에 구멍을 열다 죽었고 피아노
직업도 통장도 없으니 피아노
귀사의 임대주택에 지원하는 바입니다 짝짝짝

제발, 무너지는 걱정 없이 살아봤으면
　네 이마에 비틀린 틈이 문이라면,
　문고리를 당겨서, 화강암이 흐르는 산맥과 냇물을, 불어
닥치는 생각 너머를……

　좋아요! 좋아요! 열어두지요 고맙습니다
　무지개는 얼마나 괴로울까
　같은 빛깔의 빛이 만나지 않도록 다른 빛을 내어
　마음은 성사와 축복의 범벅이었습니다 그 마음에 짓물러
터져나온 고함은 짜고

　당신에게서 샌 짠물을 바다라고 한다면, 저는 바다에서
기어왔지요
　찢어진 틈 그 밑바닥에서,

　휩쓸린 것이지요 좋습니다
　층층이 쌓인 악천후가 아름다운 고장
　더께라고 하죠? 걷어내도 걷어내도 다시 쌓이는 눈꺼풀을

장마와 흙먼지를 뒤섞은 안료와, 좋구나, 폭풍우가 지나고,

좌판 위에서, 꼬챙이에 꽂혀 뒤틀려 있다
여기만 아니면 어디든 가겠다는 생각만으로

불판 위에서
그들의 손에 옮겨붙을 때까지, 아주 지져지지는 않도록
꿈틀거리게 하는 열기를 받으면서, 그럼에도 힘내서 살아
가라 한다면
죽으십시오, 가망이 없습니다

맥주와 공권력이 발끝을 적신 고장에서 왔습니다
죽으십시오, 이 건조무미한 곳으로 이주를 지원하는 바입
니다
여기 지옥은 무슨 맛입니까

지옥은 지네처럼 다리가 많고 거기에
색깔이 겹치지 않도록 칠하는 것이라면

여기에 묻혀줄 색깔이 없다

5월은 가정의 달

비눗방울은 부푼다 어린아이가
재미 삼아 그것을 낳는다

재미 삼아 발목을 섞는다
태양열에 반응하는 잔디가

원자력만 많았어도 좀더 파랗게 망했을 것이다
물방울만 높이 쌓았어도
좀더 차곡차곡 붕괴했을 것이다

찢어진 물에 나를 기울일 수 있다면
분열하는 핵가족과 만약 원반 위를 회전할 수 있다면

 이러한 가정은 화목하여 코끝에 밀려온 바람이 피가 되어
흘러내린다
 그리고 마당에 배를 깔고 악어 삐냐가 이리 대꾸하는 것
이다
 누나 집에 없는데요, 누나 마트 갔는데요 슬리퍼 끌고

슬리퍼 끌며 떠나므로 오
분, 되도록이면 내가 낸 세금은 돌려주셨으면 합니다

그것, 중심을 맴도는 나의 원자와
안방의 벽과 분리하기로 한 엿새와
목이 접힌 공작새와

푸른 혓바닥 위에 서 있다 누나, 우리가 안 녹아
적외선이 내리쬐는 실험대에

구름은 부푼다
피와 우레의 임계에 있다

배 속에서 우리는 젖는다
6월은 호국과 보훈의 달

환태평양 불의 고리

환태평양 불의 고리가 보았습니다

이 기묘한 이름에는 동그라미가 두개나 들어 있습니다 도 넛처럼 둥글게 구멍 난 바다의 중심에 작은 불의 고리가 서 서히 돌아갑니다

대양의 테두리에 살았던 나는 누나와 함께 하루하루 자 랐습니다 놋쇠 반지가 비워둔 작은 구멍으로 하얀 돌 꺼내 기, 수없이 늘어선 말줄임표에서 빗방울 꺼내기, 그러나 나 는 나를 모두 소진해버렸고 이제는 불의 고리에 매달려 있 습니다

불의 고리를 통과하면 어딘가 구겨집니다 천사의 고리는 중심이 비어 있습니다 천국은 바닥났기 때문입니다

아무로, 하고 나는 외웠습니다 아무로는 내 복사뼈를 깨 고 태어났습니다 아무로, 하고 외면 아무로는 깨어나지 않 았습니다 아무로는 검고 아무로는 이그러졌고 아무로는 짝 이 맞지 않습니다 아무로는 누나를 버리고 불로 매듭을 묶

었습니다

　누나라는 기관은 대신 배설하는 기관 일말의 기울임 일말의 어긋남 양분을 빼앗기고 쇠퇴하는 기관

　발끝에 밀려온 물결에 바다가 쏟아져 있습니다

　환태평양 불의 고리가 내 목 주위를 돌고 있습니다 이 기묘한 고리에 나를 두번 매달았습니다 바다의 중심에서 불타고 있는 저것은 물결의 끝과 끝을 진자처럼 오가는 중이네요

　구멍을 빠져나왔을 때, 내 고리도 구겨져 있었습니다 서커스의 사자처럼 껑충껑충 뛰어넘어
　구멍입니다 반지 끝에서 떨어지는 이 나락을 세계라 부르기로 하지요

팔달시장이 집 앞으로 몰려오기 전까지는 멸망하지 않는다 사람이 낳은 자는 너를 죽일 수 없다

맹꽁이의 예언으로 태어나 웬지 목소리가 모자라
그때 들은 깊고 축축한 말을 감쌉으며
요람의 왕, 태어난 나는 어리둥절했다

무슨 말이람, 모르겠지만 때 되면 죽는다는 얘기겠지
때가 되면 죽을 텐데 굳이 예언이 필요한 걸까? 구름의 손
바닥에 탁구공을 맞히며
부모의 왕, 태어난 나는 어리둥절했다

본의 아니게 몸은 자라나고, 원숭이와 개를 만나 사악한
마법사와 탐욕스러운 용을 물리치고
역시나 예언 같은 건 아무 상관 없다 어차피 때는 오지 않
는가
그런데 어째서 배꼽이 이리 커졌지?
동료의 왕, 태어난 나는 어리둥절했다

나는 배꼽 속으로 깊어졌다 발이 아름다운 사람을 만나기
전까지는
버섯의 멋진 갓처럼 둥근 물갈퀴가 나를 건져내기 전까

지는

　　그가 발굽과 송곳니마저 모두 주어, 나는 그만 욕심이 생
겨버렸다

　　이 모든 것을 빼앗길 때가 온다니?

　　가정의 왕, 태어난 나는 어리둥절했다

　　신기하군 아기가 아기를 낳다니, 이토록 아름답게 감싸여
있다니

　　이 말랑한 귀에도 맹꽁이의 말이 들어갔을까? 아기의 귀
를 솜으로 틀어막으며

　　아기의 왕, 태어난 나는 어리둥절했다

　　죽음이 상자에 넣은 아버지의 발을 두들기며 망치 같은

　　흐느끼는 소리 역시 상자에 담으며, 놀랍군, 이렇게 손쉽
게 시체를 만들다니

　　어떻게 시체를 만드는 걸까?

　　시체의 왕, 태어난 나는 어리둥절했다

　　결국 호기심을 못 이겨 굴속으로, 반지빠른 여우의 인도

를 받아

  깊이 더 깊이 들어갔다 언제 커졌었냐는 듯 골무처럼 쪼
그라든 몸을 끌고

  그래서 나는 빈 바구니를 든 것이 되고 말았다
  브로콜리가 핵구름처럼 피어나는데
  당근도 다 못 마쳤는데, 소리에 쫓겨 왕관을 두고 나오며
  태어난 나는 어리둥절했다
  맹꽁맹꽁하고 울었다

데데킨트의 절단

입술에 도착하는 빛, 그게 안 죽는다

너는 날 자르고 나는 널 잘랐지
날카로운 말씀으로
파문은 너의 손이 밑에서 올라올 때

보이지 않을 때까지 망치로 내려쳐서
내가 쉰 숨을 모아 예쁘게 천당으로 보내서
그게 안 죽는다
                        .

내가 뱉은 말이 솜이 되어 두 귀에 예쁘게 붙여놓아서
네가 당긴 나의 줄은 추락이었다

멍충아, 구름은 코끝에
비는 귀에다 개어야지
부스스 귓등에 내리는 소리 알갱이 그게 안 죽는다

가망이 없는 3장 16절, 빗줄기의 마지막에 성령의 불꽃,
그래서 젖은 붓꽃을 파내어 입술에 옮겨 심을 때

빛이 네 외곽에 나투신다는 멍충이는 나였고

헬멧을 쓴 태양
유리에서처럼 맴도는 스케이팅
광선에 쪼여 들피지는 건 너였고, 멍충아

나는 작년의 비와 올해의 비 사이를 산다
내리는 불이 멈추어

돌아오는 빗소리를 네가 연거푸 등 떠밀 때

여름 속에서 그 진자가 흔들릴 때
소리의 재앙과 말씀의 재앙 사이를 산다

재앙과
경청하는 불과
떠다니는 보료의 매무새와

앙가발이, 잘라낸 몸통 같은 그 발음을 산다

그게 안 죽는다
네가 던진 끈이 귀로 들려와서
날개가 내려와서

절단했으므로
오늘에서 내일까지의 공기가 무한히 존재한다 윗입술과

아랫입술이 멀어져서
무한히 들리지 않는다,

더는 흔들릴 대기가 없으므로
더는 끊어낼 마음이 없으므로

마죽 무서워

참마가 쟁반에서 가장 맑을 것이다
향년 이십구세

스티븐은 느꼈다, 슬픔이 덮개를 밀치고
올라오는 것을, 왜냐하면 왜냐하면 배 속이
죽으로
비좁아서

문지방을 막 밟은 비를 돌려보내고
괜히 미안해져 물었지

……

저어는 질문이 업슴미다
묻고 십지 안워요

검은 깃털을 보내면 흰 깃털이 돌아오는 캐치볼
윤성환 감독의 력작 「폼페이」가 오는 26일
김일성예술극장 리영광 홀에서 열린다

'검은 수염' 파파노코비치, '흰 수염' 되어 칠년 만에 브라
운관 복귀……재 재

  스티븐은 그것이 가루가루 바닥으로 내려가는 걸 보았다
  부지깽이로 들쑤시면 가로수가 벌겋게 일듯이

  스티븐은 울음을 꾹 누르고 창고에 들어가 매일 한꺼풀씩
벗기고
  항아리 속을 휘저으며 노래한 것이다
  참마가 결심하고 참마가 남발하고

 나는 몸이 하나 있는데 치커리와 기르고 있습니다
 너무 많이 심었습니다 나를
 전부 살아냈습니다, 너무나 많이 오늘을
 길러버렸습니다……

 향년 이십구세

 왜 사람은 봄마다 떨어지는 거야? 왜 봄에는 잔디 줄기가

갈피갈피

　갈라져? 물으면 나아질까

　수학채근 웨

　자꾸 질문하는 습과늘 드리라 할가

　그으런데 웨 하늘에선 저러케 어두운

　코가 태어나는 거실까

　굴뚝에서 기일게 날아와

　쟁반은 해가 반짝이며 저무는 곳인데……

　헤헤

　스티븐은 스티븐은 참마 가루와 섞여

　차차 늪처럼 풍부해졌다 따라서 스티븐은 스티븐은 입술

앞에서

　검게 닫히었던 비를 떠올릴 수밖에 없었던 것이다

　출렁이고 잇워요 멈출 수 업워요

　느낌이 조와요

　헤헤

　마죽

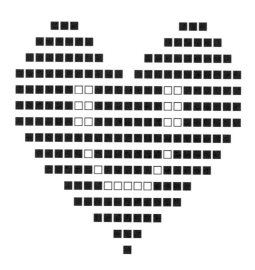

SCREEN

¿꿈의 포로 아크파크?

마음에 자꾸 형상을 주어 난처하다 수평선, 그것은
마루에 깔기로 했는데,
마음에

탁자가 길고
흘리고 닦고 쌓이다, 모서리에 다다르면
이것은 끝장이 난다

칠년 후, 이런 일이 있었다
미장이는 갈팡질팡하다
의외로 나를 낳았고
그것이 할부로 지불됐다는 사실이 당혹스럽다
이십육개월로, 신규 가입으로,

이웃이 문 앞에 음악을 쌓아 자꾸 곤란하다
버린 사람을 빗자루로 쓸어내는 것은 당연하다

친구야, 빨갛게 빨갛게 오를 것으로 사료된다 파도가
친구야, 네가 챙겨 온 해변이 좋구나

너로 쌓은 모래성이 좋구나 삼년 전,

너는 입속에 버린 발가락을 떠올리며 엉엉 울겠지
그런데 네 목소리마다 발자국이 묻어 있겠지
¿비와 액자와 똑바로 묶었어요?
¡창문에 풀밭은 다 박았어요!

머리에서 흘러넘치는 얼음 향기는 볼만하다
닫아둔 대문을 음악이 긁어댄다 내 탄생이

자꾸 체불되는 편이 어울린다
평화롭습니다 한방울씩
갈매기가 녹아 햇빛에 스미는 것처럼
우리 집입니다

창밖에 해변이 내린다 닦자 닦자
너와 테이블은 끝났다 쓸자 쓸자 자꾸 울면
파도가 달려들지 굶은 개처럼

곤

미합중국의 존은 바위에 걸터앉아 흐느껴 우는 소녀를 보았다. 서럽게 우는 모습이 안쓰러워 마음씨 고운 존은 그에게 말을 건네지 않을 수 없었다. 이봐, 무슨 일이기에 그러나. 차를 놓친 열차 강도도 자네처럼은 울지 않아. 노인은 저를 울게 버려두고 가던 길을 가십시오. 설령 링컨이 살아 돌아오더라도 저를 도울 수 없으니. 존은 눈썹을 살짝 찡그렸다. 젊은이에게 몇가지 익숙한 충고를 해주지. 첫째로 사물을 겉모습만 보고 판단해서는 안 된다는 것일세. 둘째로 자신이 내린 판단을 섣불리 말로 옮겨서는 안 된다는 것일세. 소녀는 울부짖었다. 그런 소리나 할 거면 제발 가던 길을 가세요, 제발! 셋째는 신사가 입은 셔츠의 깃이 세미와이드인지 잘 살피라는 것일세. 내가 바로 조지프 케네디의 차남, 피츠제럴드라네. 소녀는 바위에서 벌떡 일어나 넙죽 엎드려 절했다. 각하! 몰라뵈어 죄송합니다! 제 이야기를 들어주십시오! 소녀의 모험은 이렇게 시작됩니다.

난봉꾼 아버지와 고귀한 혈통의 어머니 사이에서 저는 태어나 성인이 된 지난주 기사가 되기로 마음을 먹고

됐네. 그래서 무슨 일인가. 여기 바위밑에서 잠든 사이 춤을 도둑맞았습니다. 춤? 지금 춤을 도둑맞았다고 했나? 케네디는 깜짝 놀라 말했다. 그것참 흔해빠진 일이군. 그래, 자네가 도둑맞았다는 춤은, 스윙인가 지르박인가? 탱고입니다. 아하, 탱고! 케네디는 소녀의 평범함에 신음을 흘릴 수밖에 없었다. 그것참 안타까운 일이군. 하지만 존 피츠제럴드 'JACK' 케네디가 해결 못할 문제는 아니지. 케네디는 당장 허리춤에 매달린 탱고를 벗어주었다. 소녀는 감격에 차 케네디의 구두에 연신 입술을 맞추었다. 각하야말로 링컨보다 뛰어난 유일한 대통령이십니다! 아니, 미합중국 사상 최고의 지도자입니다! 아닐세. 누가 묻거든 링컨 다음으로 훌륭한 대통령이라고만 말해주게. 존은 바닥에 깔린 석양을 밟으며 장엄히 나아갔다. 기억하게. 미합중국은 자유민주주의를 수호하는 애국자라면 누구라도 잊지 않고 반드시 보답한다는 진리를.

바다냐끼 준 소녀의 인생

너는 네가 사는 바를 읽을 순 없을지라도,
네가 읽는 바를 살아갈 수 있노라.
—에드몽 자베스 『예상 밖의 전복의 서』

한자어로 고력양이라 한다.
꼬리의 밑부분 아랫면에 고약한 냄새를 분비하는 샘(腺)이 있다.
—염소[goat], 『두산백과』

뿔닭은 차양 밖에 서 있고 뿔닭은 마음밖에 모릅니다

그래요 계절이 옳았습니다
비는 수많은 물음에 하나하나 도착하고
그러면 투구를 쓴 채 메에 하고 싶어진다

가꾸어야 할 여러분이 화단에 많네요
나도 무언가 말해야만 한다구요? 그 열대는 팬지꽃밭을
이룹니다

최대최악의 불황에도 구름은 도축되고 있습니다
내 이름은 하루에 두포 흑염소입니다
지구는 삼분의 이가 바다로 이루어져 있습니다?

다 쓰지 못했어요
나는 사랑을 몇개 가지고 있어요 겨드랑이에
치마의 속주머니에, 그중 삼분의 이가
뼈가 도려진 채 죽어갑니다 그런데
내 눈물은 엑기스입니다

여러분의 여름이다
세번에 두번은 주저앉은 여름이다
장미가 오월을 이기려 붉어지듯 풍경(風磬)이 죽음을 이
기려 바둥거리듯

나는 도무지 경제가 밉고 여러분은 달궈진 돌 위에서
춤을 추지요 입에서 뿜어낸 구름들이
토론을 하고 문학은 둥글게 둥글게 꼬리를 물고
거장을 목마 위에 태웁니다

뽈닭은 황기, 대추, 인삼과 어우러져 국물 맛이 좋고 전날
마당에다 울음을 커다랗게 내놓았습니다
이런 게 인생이라니

이런 게 인생이라니
여러분은 빗물을 가득 물고 식탁에 앉아 있었지 나는 주
전자에 데워둔 마음을 이렇게 내놓았습니다:
그래 네가 진심인 건 잘 알겠어 그럼 이만

그럼 이만
마리냐는 읽어야 하는 평생을 내게 주었습니다
한떼의 비가 내 속에서 증발합니다 무정한 귓속말에 휘
말려

나까지 쓸려가는 사랑이 많아요
폐기해야 합니다
도로를 달리는 시추기를 본 적이 있어요
세상의 구멍을 하나하나 만나러 갑니다

쌀알과 재로 채워지기 전에
어쩐지 그늘지는 것
햇볕 속에 매여 있어도

메에에 메에에 울어도 옳은 계절이기에
쐐기풀을 가득 물고, 구름아 흘러라 주문을 오물거리는
것입니다

이정재

"모르겠구나 모르겠어"

햇볕이 내리쬐는 오르막길에 서서 이정재는 화차를 밀었다

"방금 전까지 까페 뒤 벤치에 앉아 촬영 중이었는데 지금은 이렇게 내려오는 화차를 밀고 있다"

피하기도 전에 순식간에 깔려버릴 게 분명했으므로 화차를 미는 일을 그만둘 수 없었다

이글거리는 햇볕을 받아 화차는 점점 뜨거워졌다 화차에 면한 손바닥에서 돋는 이것은 뿔이다

이정재는 알 수 없다 고개를 들면 와르르 쏟아지는 것

"배우에게는 배우의 입장이, 외계인에겐 외계인의 입장이, 있는 법이다"

내가 밀어낼 수 있는 최대한의 힘만큼 정확히 나를 밀어낸다 조금이라도 미는 힘을 줄이면 굴러 내려와버린다

화차의 앞을 더듬어도 모서리가 잡히지 않는다 옆면을 볼 수 없어 얼마나 길게 이어져 있는지 짐작할 수 없고

이 육중한 몸에 무엇이 담겨 있는지 알 수 없고

숙인 코끝으로 종유석에서 떨어지듯 끊임없이 떨어지는 것

"1973년 3월 15일 출생,「공룡선생」「신과 함께」등 수많은 영화에 출연했다 2008년 전국민 대항 체스대회 서귀포 챔피

언, 2016년 8월 아산병원에서 내 코를 꼭 닮은 딸도 출산, 했다 광고도 수없이 찍었으며 방금 전까지도 이유식 광고를 촬영 중이었지 내일 저녁엔 '여름의 대삼각회' 회담에 참석할 예정이었고"

마음의 뾰족한 곳으로 고여 넓은 쟁반에 한방울씩 떨어진다

이것은 뿔이다 왜 끊임없이 나를 밀고 있게 하는 걸까

손을 적신 이 피는 어느 밑동에 닿을 것인가

화차는 나를 밀던 일을 멈추고 서서 왼 손바닥을 펼쳐보았다

물이 흐르는 그곳엔 물풀과 그물추가 자라고

"그물추는 도자기, 스테인리스 등의 재료로 만들어진 둥근 모양의 추로 사람의 발목에 매달아 사용한다 사람의 무게에 따라 200그램부터 1킬로그램이 넘는 것까지 다양한 무게의 부력이 속에서 태어난다 원한이 떠내려가지 않고 안전하게, 가라앉게 해준다, 바닥까지"

이정재는 그물추에 대해서도 완벽하게 떠올릴 수 있다 몸을 일으키면 명치에서 와르르 쏟아지는 그것

"모르겠구나 모르겠어"

추를 주머니에 넣고 나는 다시 이정재를 밀어내기 시작
했다

신체 포기의 각서

여름이 되겠다고 딱딱해진 가로수가
녹말이 되겠다고 녹는다 여름이 되겠다고 내가

목말이 되겠다고 눕는다 잘린 풀 비린내에 파묻혀

몇번을 생각했다 몇번을 생각해도
좋은 일이다 마음을 접는 일이란

은행이 장갑을 벗는다 초록을 그만 포기하려고

박살 난 빗물을 주워 맞추려고
은행잎은 허둥지둥 뒹군다

여름이 되겠다고 눕는다 준비하시고
쏘세요! 가슴에서 파란 피가 떠난다
불리는 중국인, 그래 나다 그것은 말뚝에 묶여 있다

그것은 메아리를 던지고 있다 멀리
못 비운 요강 같은 것이나 생각하고 있다 못 배운

위로 같은 것이나 세워보고 있다

"대령,
멀리 가서 보는 일이 두렵습니다"

소리와 배변이 끝장일 때
하루가 끝난다 더이상 닦아낼 발이 없을 때

나라는 시체와 눕는다

구름이 와장창 깨져 어깨에 박힌다
박살 난 마음을 주워 맞추려고

가슴에 화살나무가 자란다 그것은 어제라는 습관이 쏘
았다
화살나무로 이루어진 침묵
나는 그것을 두번 짓밟는다 코를 꿰매는 여뀌풀 냄새
나는 그것을 두번 짓밟는다

다행히도 여름다웠다
숨 참는 잠수함 소리, 이시시 웃는 재봉틀 소리
떨어지는 잎들, 그 합창에 묻은 침묵
나는 그것을 두번 짓밟는다

나를 쏘는 소리에 몰입하지 않는다 너희가 휘두른 짱깨
새끼
쪽바리 새끼 너희의 네오나치
나라는 아리베데르치
그것은 말뚝에 묶여 있다

탱자의 빛이 잿불에 모여 있다
나는 불쑥 이웃과 살벌했다 나는 불씨와 이웃해
살 뻔했다 은총과 온전히
고백했고
간병했고
결별했다 대포

포말 좋은 말이다

침략을 되풀이하는 목말이다 여름의 향나무는 공작의 깃
털을 모두 펼쳐
마음을 접는다 거참

저기 포로처럼 굳어가는구나 탱자가
잘 봐라 빛의 똬리
잘 들어라 둥근 음성 그것은 말뚝에 묶여 있다

"도대체 왜 어째서 흘러가는지 겨울"
"그것을 제가 대령했습니다" 여울

내게로 흐르는 물을 내가 끝낸다 가슴에서
파란 피가 떠난다
그것은 말뚝에 묶여 있다 준비하시고

쏘세요! 상기와 같이 본인은 약속한 기한까지 채무를 변
제하지 못하였기에
계약에 따라 담보물로 설정된 주요 장기를 비롯한 신체

전부에 대한 권리를 양도하며 이를 확인하여 분란의 여지를
없애고자 이 각서를 작성합니다 으아리

　벗겨진 메아리
　시월 칠일의 서리병아리
　소유하지 않겠습니다

　기필코 포기하겠습니다
　내 이웃을 내 몸과 같이

마음 쏘기의 삭서

몇번을 풀어줘도 사자는
철창을 바라고 몇번을 속아도 사지는
심장을 부르지

찜통에서 삶아낸
수건처럼 배 속에서 갓 꺼낸
아기처럼
모락모락 김이 올라오는구만

내 영혼으로부터

내 영혼으로부터
탈출하는구만 저기 빌어먹을 코뿔소 형제

잠깐만, 그럼 내 사파리는 바닥났나? 앞발로 눌러 죽여
태즈메이니아늑대는 앞발을 씹는다 모자라니까

뼈째로 씹어대는 거지 하긴
안 될 게 뭐람 허구한 날 손가락뼈를

뇌운은 뱉어내잖아

연골까지 싹싹 다 발라 먹고
발가락 사이사이를 핥아대듯이

나는 창살 속의 구름을 느낀다

심장아, 네가 내 비계에서 피를 빌리듯
내가 철창을 바란다 폭설로부터
혈액을 기증받아 내가 징역을 바란다 죽음은 시인의 광대

삶은 장인의 천칭
천칭의 한 끝에 눈보라 한근을 올려두고
주먹을 쥐었어 그래, 눈보라를
내게서 도려내십시오 다만 피 한방울 없이

잠깐만, 언제 손님이 이렇게 몰려왔지?
내 영혼으로부터

도려내십시오 셔터 내릴 시간이니까
이제 이 닦고 자렴? 잠이 안 와요 눈
내렸나봐요 꿈에서, 영준이가 나를 봤어요, 꼭
예사였대요 내가

밀어버렸대요
찜통에서 삶아낸 아기처럼

안 울어요 배 속에서 꺼낸 수건처럼, 희고 멀고 젖은 잠이
안 와요 하긴, 안 될 게 뭐람 네 꿈의 눈보라를 꾹꾹 눌러
쥐어 초밥 만드는 걸 봤으니 죽이러 갈 수밖에

이젠 맥문동뿐이야 시절은 갔고 발굽 빨간 하이에나도
갔고
정말 더 할 말 없어?라며 울더니 전화가 끊겼지

달아나는도다 손톱 없이 두더지
주머니 없이 캥거루, 사슴과 소와 말과
당나귀 없이 사불상

나 없이 나 어흥!

어흥! 어흥! 엉! 엉!
부디 쇠창살을 바란다 꼬챙이 속의 쾌청 이젠 맥문동뿐이
야 바다 가득 동그랗게
돌아버린 풀

모락모락 김이 올라오는구만
내 바닥으로부터

돌려주십시오 내 영혼아
너는 내가 아니다

내 조련사가 아니다
죽음은 시인의 광대, 빙글빙글 돌려
주십시오 심벌즈를 들어라
잇몸에 이빨을 씌워라 먹구름을 오게 하라 오는 족족
죽이고 또 물어 죽일 테니
맥문동 맥문동 맥문동 맥문동

외야수

손칼을 쥐여주며 네가 말했다 이 공은
껍질이 날카로우니 조심해야 한다고

너는 수박밭에 있고 수박밭은 파랗다
나는 네가 더이상 수박을 닦으며 울지 않기를 바란다

폭염이 뒹굴고 있어
관중석에 온통 엎질러져 있어
도저히 주워 담을 수 없어 보였다

나는 그라운드에 엎드렸다 언제까지나
정렬되지 않는 잔디의 틈에 섞여

수박은 수박 속의 붉음을 막을 수 없다
파울라인은 멀다 관중석은 더 멀다
그런 생각을 하면서

크와트로 바지나

빗방울의 공습을 맞아 비비추가 부서진다
내가 그랬다

내가 그랬다 내가 세상을 다 알아서
꽃이 야위고 난 뒤에 보랏빛이 어디로 가는지
내가 깨달아서

비가 내리는 게 아니라
간격이 지워지고 있다고 말할 줄 아는 어른이라서
내가 그랬다 세상이 다 틀려서

빗금 치고 있는 거라고 말할 줄 알아서
슬픔도 아픔도 남성
호르몬 분비도 엑시즈 투하도 내가 그랬다

절대영역을 전개할 줄 알아서
이 몸께서 비비추여 폭발해라 웃어라
망가져라 시켰으므로

그런데 어느날, 빵을 만들 줄 알아서
밀반죽에 손을 빠뜨리고

그뒤로 영영 찾을 수 없었지
핀 판넬에 맞아 떨어져버렸지

중력이 무섭긴 해, 한번 궤도에 들면
나가기 싫어지거든

네가 메인 카메라 속 심연을 아느냐,
콕핏이 파괴된 아픔을 아느,냐?

그런 하찮은 슬픔도 인생이긴 하겠지

마음이란 차피 완파의 연속이니까
누가 대신 살아주는 게 낫겠지 이를테면 나처럼 끝내주는

효모 냄새, 비비추여
내가 그랬다 네가 한심해서

보기에 좋으라고 내가 의미를 주었다

사색도 잘하고 웅변도 잘해서
전부 격추할 것이다 혼과 혼의
간격이 사라질 것이다 내가 세배 빨라지는 만큼

반죽 속에 두 손을 잃은 이 기분은
밀반죽을 하염없이 휘젓는 이 기분은?

자쿠 구프 앗가이 산새 소리 즈곡크 겔구그 지옹그 물소리

나는 다 안다 영원히 전지할 것이다 나는 떠오를 것이다
발진한다

열사포 구스타프

축제에 갔지 그물에 매단 인형이 흔들리니까

너 참 잘 쏘더라
내가 모은 요새를 네가 잘 겨냥해서

돌이 내게서 멀어지고 태양이 허물어지고
구멍으로 숨이 지나가고
멎을 때, 희망과

너의 훼장은
인정하겠습니다

네가 삼킨 나의 말을 녹였으니까
잘못 흘린 나의 내면을
남김없이 먹어치웠으니까

야간 비행을 격추해 별을 달아주었으니까

축제에 갔지 둑길을 걸었으니까

연인과 물결이
멀어졌으니까

이륙을 금지한다 막다른 길목에 야광봉을 세우는 것을
현시간부로 금한다

그물에 매달린 내가 꾼둑꾼둑
흔들리니까

수원까지 늘어놓은 레일이 끊어졌으니까
이 아픔에 발이 필요해

축제에 갔지, 뭐지 저게?
몇번을 휘말려도 안 들리는 건

내 호흡이 네 속에서 지워졌으니까
너의 담낭에 이바지하겠습니다, 희망과

몇번을 착륙해도 파열하지 않는 건

눈에 맺힌 물방울이 무거우니까

밤중에 앉아 책상을 똑똑 두들긴다
나의 아래에 누군가 있을까봐

누가 거기서 두들기고 있을까봐

감각하지 않는다 더는 감각하지 않는다

네 열차포가
궤멸적인 타격을 가하는 데 성공했으니까
화약고에 명중했으니까 떼죽음당했으니까
아직 포신이 멀고 뜨거우니까

바다 위로 부서진 내 몸이 우스웠으니까
너의 발이 너무 하얘서

내 그림자에 젖은 줄 알았지
눈앞에서

난사하는 작렬하는 사라지는
올여름의 서늘맞이

다음 대상의 무게를 구하시오

단, 저울을 세번만 써서 찾아야 합니다

바람을 넣고 가벼워진 허파와 같이
둥실, 떠오르고 싶었는데

나를 올린다 장작을 씹는 불과 균등하기 위해
들판을 구르는 볕과 공평하기 위해

비파나무는 비파라는 추를 매단다
이 여름에 증발하는 죄를 발표하기 위해

지옥은 꼭 하마 모양 구멍이었다
팔다리 허리를 이리저리 비틀어봤지만
도무지 내 모양과는 맞지 않아서

단, 나를 세번만 짓눌러 찾아야 합니다

그럼 꼭 바람 새는 부레 같았지
고아만 생각하면 창틀에 튀어나온 나사못이 생각나

그럼 머리를 돌려 조여야지
땅밑에 나란히 파묻은 수형자같이

무언가 버려진 그 우물에서 태어나기 위해
거기 버린 울음엔 어느 음계도 와서 달라붙지 않는다

어떤 고아도 와서 매달리지 않는다 단,
세번만 두들겨 찾아야 합니다
다 울고 나니 쪼그라든 호두와 같이

어느 소리가 더 무겁게 떨어집니까
두 열매를 동시에 떨어뜨리면

떠나는 풋콩처럼 공중에 다시 떠올랐다
팔과 무릎을 구겨 넣었습니다 내 웅크린 품속이
내 모양과 맞나 한번 보기 위해

그럼 기린 모양의 돌이 녹아내리기도 했지요

남해바다 어딘가에서

앙앙앙앙
앙앙앙앙

악몽 망고

발자국 안에 발자국을 누가 찍었습니까 말들로 푸석이는
백사장을 밟고서
나는 피서를 갑니다

한없이 긴 미끄럼틀을 타고 물가로 떨어지며
이대로 곤죽이 되는 것도 괜찮단 생각을 하면서······

망고밭은 끝장이고 이아시스 꽃잎은 무너졌습니다
해변의 낭독회만이 정오의 붉은 뿔을 이리저리 차고 있죠

자신이야말로 삶이라고 다들 말하죠
쾅쾅 노크하고 월계관 쓰고 뛰어다니고 슬프고
밤이 노래하고 왕은 죽어가고 오늘 안 슬프면 사람 새끼
도 아냐 박수 소리가
쓰러지고

막의 뒤편에서 낄낄대는 저것은 무엇입니까 잡아당기니
허리띠처럼 긴긴 어둠

내 말소리는 거기에 칭칭 휘감겨 있습니다

그리고 총독은 이마에 찬란한 뽀올을 달고 낭독했습니다

"수많은 자라가 깨어져 내렸습니다 여러분

부끄럽지만 이 자리를 견딥니다……" 견딜 만한 부끄러

움이기에

피서를 갑니다

총독, 지난 고랭지에서의 일은 정말 안됐습니다 정말 슬

프죠

거기엔 파랗게 시든 입술뿐이기에

천사들은 나팔 불고 발 구르고 나는 눈 대신 토마토 꼭지

만 붙이고 걷다가 이

파리 부서지는 소리나 듣겠죠 하얀 풀이 모도록이 자란

언덕에서 오셀로나 두면서

왜요 나는 캄캄해진 바나나를 곰곰이 씹을 것입니다

망고는 망했고 군화 속의 보석은 잠이 안 오고

천개의 심장을 켜도 당통은 춥습니다 검었다 희었다 하

면서

　그리고 법관의 엄지발가락보다 엄한 심판을 맞으며 멍뭉
　멍뭉 오래 기른 장서의 근육을 쓰다듬을 뿐입니다 검었다
희었다 하면서

　이 공놀이는 16세기 프랑스로부터 최초로 패쓰패쓰 되어
많은 이들에게 열병과 침식을 주었고 나흘 안으로 일곱명에
게 패쓰패쓰 하지 않아도 너는 이미 죽어 있습니다

　뽈은 내리쬐고 파라솔이 미간에 명중하고 그리하여 건기
의 바나나 잎처럼 우수수 혀가 떨어질 것입니다
　"여기 둥글고 상한 망고가 있습니다
　자꾸 참석하라고 합니다
　나는 안 갈 것입니다"

　망고는 망고밭 안에서 가장 노란 과일입니다
　정성스레 깎아서 먹기 좋게 냠냠
　갈라진 망고는 노랗지 않다

펠리컨

왼쪽 귀를 베개에 대고 잠드는 까닭은
심장 소리를 귀 밖에 흘려보내려고

오른쪽으로 기대어 잠드는 건 귓속에
꿈의 나라를 담으려고, 저기

베개 너머
어쨌든 부리에 침묵을 물고 떨어지는 빗방울과

원한

엉망진창이다
도저히 입구를 닫을 수 없을 때
귓등을 두드리는 개가

부리 속에 나를 머금어주는 개가

원한

빗줄의 끝이 한가닥씩 흐트러진다
끝없이 갈라지며 대답하는 소롯길처럼, 저기

끝없이 어두움을 벌리는 펠리컨처럼

관람하시죠, 손대지 말고
눈으로 보세요 사납습니다, 사이로 손가락을 넣으면
물릴 수 있어요 먹이기 전에

물어보세요

천개의 깃털이 모래밭 위로 펼쳐 있다
천개의 깃털이 귓속으로 떨어지고 있다
꿈의 나라를 다 담으려고

온 마음을 다해 물었습니다
물 주름을 밟고 뛰는 새떼의 끝

아니;

사람이 물었으면 대답을 해야지;;
온 마음을 다해

원한다, 내가 너무 물어서
잇자국 난 종아리가 날아가고
누가 발끝의 모래알에 해변을 남겼나

쥐어짜인 꿈을 누가 해변에 뿌렸나
마지막 한방울까지

마지막 한방울까지 왼쪽 귀로 끄집어내어
나는 못 들었다 그 왕국을 모두 오른쪽 귓속에 담아
나는 못 들었다

주렴을 헤치고 들어오는 풍악의 끝이
온 마음을 다해
미쳤습니다

마쳤습니다, 아닌데?

관람이 안 끝나요 부리 속이 안 끝나
언제 끝나? 하지 말라고 말했는데
손가락 집어넣었네
내 마음 뚫린 그곳으로

원한
원한다, 머릿속 대기의 맛
나팔 속 굉음의 맛 석류 속 돌풍의 맛

해질녘들의 사회
사회?

녹슨 물결들의 세상
세상?

여기 어두움이 있네요
밧줄의 매듭매듭처럼 늘어선 어두움이

그러니 50룩스쯤 밝아진 기분으로

용서 못해

용서 못해
그걸 펠리컨이 머금고 있다

그것은 호소가 아니었고 내 마음은 호수가 아니었고

작년 여름의 갈증을 내가 머금고 있다
그건 좀;
아니었고

나의 작년이 뙤약볕에 젖고 있다
나의 걸음이 접사다리에 걸쳐 있다
나의 심장이 접시에 불어오고 있다 나의 부력이 너의 동
공에 고이고 있다 나의 주림이 너의 날개에 매달리고 있다

나의 관람이 폐곡선 안에 있다

잠자코 추락해라 사다새

내가 그렇게 말하고 있었다

볼링 붐

네가 쓰러지지 않으면 여름은 오지 않으리 볼링핀이여

겨울

러시아식 역원근법

쥐를 거대하게 그리고 싶으면
내가 작아지면 됩니다

꼬리와 수염을 한 면에 그리려면
꼬리에서 수염에서 지켜보면 됩니다

속마음을 베끼려면
그 마음보다 괴로워야지

너의 포효가 휘어 내려가서
내 음성도 구부러졌습니다

네 마음 무겁다 싶으면
멀어지면 되고요

되겠습니다

행복은 힘센 황소, 진창에 처박을 때까지 춤추고
나는 정말 삶이 좋아 미칠 것 같다

새가 떠난 가지마다 새가 밟을 자리다 내 찬물에
  그늘이 있어 행복했다 아니면 온 나라가 새떼의 맨발로
개울을 건너는 소리겠지

  나는 들었다 애를 포대기로 감싸고 다락을 오르는 숙모
처럼
  머릿속에서 돌이 부글거리는 소리를

  자정에 날아든 새가 자정에 고인 물을 쪼아 먹는 소리를
  나는 가을에 꺾여 여름에 상해갔다 관 속에서

  태어나 요람에서 죽어갔다
  더 빠르다, 연못 앞에 쭈그린 나보다 삼면경을 만나 쪼개
지는 내가
  더 빠르다, 바지를 입은 나보다 대문 밖에 알몸으로 쫓겨
난 내가

태양 아래서 불타는 나보다 정수리에 젖은 미역을 얹은 내가

더 빠르다 시월은 바닥
치며 비가 바라보았고 파편이 가라앉은 사람들을 꿰었다
나는 성난 후투티처럼 물 위를 찰박찰박 뛰었다

나는 들었다
사회가 희박한데 숨 막히지 "않다면 불감증이다 세상이 채찍질"인데 노래한다면 피학증이다
그래, 생선 가게에 종아리가 늘어서 있다
오늘은 오늘의 머리를 쳐내고 내일은 내일의 꼬리를 쳐내고

나는 걸었다 밟으면 피가 핏핏 새는 살덩이를 밟으며 몸 어딘가 핏핏 새는 물을 틀어막고 걷는 것처럼

아무리 주저앉아도 더 빠른 나를 허겁지겁 쫓는 것처럼

첫눈을 끌어안고 잠들라 흡혈귀와
밤사이 삼십 밀리 내린 흡혈귀와
점 박힌 알을 잔뜩 낳은 흡혈귀와!

나는 들었다 제국은
"멸망했습니다 그대의 피가 거리를 밝히는 일은 결코 없
을 것"입니다

딸칵, 가스레인지 같으니라고
딸칵, 가스레인지 같으니라고

이제 산책하지 않는다 콩나물 발을 톡톡 끊으며
점치지 않는다 다만 저렴하고
불이 잘 안 붙는

나는 물들었다 딸칵,

닫고 누우면 벌벌 떨린다
침대가 도마야 생물이 토막 난 침대에 남는 건 생물이 붉

게 젖은 자리다

책장이 이불 같아 내 몸 안이 찬물이야
머리와 꼬리를 구덩이에 쓸어 담긴 채

정말 부활한다
정말 좋아 시월엔 전락이 나락을 고민하고 결론 끝에 미
지근한 사과가 떨어져
혀끝을 좀 데웠고 신음이 그림자 없이
공처럼 굴러 나오는 소리를 나는 들었다

나는 불었다 붉은 쪽에서 검은 쪽으로
죽은 장원에서 태어난 정원으로
그런데 뭉게뭉게

점차 남태평양 기단을 이루는 이것은?

등에 "오르시오 제군
뛰고 또 뛰어 안개가" 되어 흩어져야지

시든 맨드라미처럼 피를 빨려
가을은 머리부터 떨어질 것이다

아니면 온 나라가 새떼의 맨발로 개울을 건너는 소리겠지
춤춰요

편안했습니다

우리 형은 포클랜드산 잡종 세인트버나드 37대손 아버
지와
전주 하씨 63대손 어머니 사이에서 태어났습니다
오후엔 종일 식탁 모서리를 깨물고 밤이면 제 젖꼭지를
빨고요

외할머니는 중세의 포르노, 금서의 3대 독녀이고 외할아
버지는 세계 3차 대전입니다
허구한 날 의자에 팥죽을 칠하고 원반을 날려 보내지만
삼백십칠년 후엔 알파켄타우리에서 쏘아낸 레이저를 맞
아 식은 파전이 될 거고

제 자식은 왠지 우리 형의 귀를 닮았는데
하반신은 엄마 마음은 대장장이 그런데 호모
지난주 목줄에서 참치 냄새 나는 애인을 끌고 왔지요 직
업은 개 조련사 불꽃장수의 아들이라네요

나는 개와 태어났습니다 튼튼한 밧줄을 목에 감은

저 멀리서 엎어지고
우스꽝스럽게 팔다리가 꺾여 이리로 달려오고 있습니다
내 말소리입니다
쓰다듬으면 드러누워 헥헥 혀를 내미는 나의 말

이가 몽땅 헐어 가엾은 말아
춤추던 빙판 귀퉁이를 입안에 굴리고 앉아

나는 한 사람에게 미끄러질 뻔했고
우리는 더욱 가까이 붙었습니다 우리 사이로 태어난 입을
잘 보기 위해

거기에 손을 집어넣고 걸으면
마음이 조각조각 씹히게 되어

전쟁도 멸망도 물려받지 못한 나는
평범히 개와 태어나기로 할 수밖에 없었습니다

리치킹

너는 이제 고를 줄 안다
떨어지는 돌들 사이에서

너는 이제 지긋지긋해서
실손보험에 서명해서
가끔 배당이 난다 떨어지는 문턱에 서서

잠시, 두 손을 펼쳤을 때
그것은 내리는 비 흉내를 내고 있었다

이 사건은 밀실 살인입니다
피해자를 살해한 흉기가 없습니다
홀연히 빠져나갔습니다 피부와 공기의 간격에서

가장 먼저 육지에 닿는 것은?

강화도로 가는 배편이 가장 빨라요
북한산 삼나무로 만들었지요 보세요
소용돌이가 돛대에 끌려옵니다 오세요

흉기가 없습니다 날마다 죽여주는

날마다 나를 죽여주는 어금니뿐인 신이
철봉에 매달린 태양 흉내를 내고, 너는 이제 들판을 고를
줄 안다

너는 고를 줄 안다, 오름과 내림 사이에서
마실 줄 안다 구름─우름─우물 속에 뜬 흰 목마름

아, 한번은 사등에 당첨됐었지

노래할 수 있어요 달리아 속에 피어난 공기에 휩싸여
노란 조각배를 띄워 보냈죠
얼마 전 청주교도소에 들어간 아범은
국민학교 땐 다섯 손가락 안에 드는 천재였는데
레몬을 머리에 쓰고 교황이 되었습니다 지금은 돌아가셨
는데
흘러갑니다 삼나무가 털어낸 공기에 실려

이제 주울 줄 안다 손뼉 소리를,
네 문턱에 둘러앉은 관중을, 울어라
너의 목소리가
너를 벗어나지 않도록 조심히

조심히 긁어야 합니다 금을 건드리지 않도록
대각선으로, 아름다운 마름모꼴을 이루도록
8—8—4 이달의 신령스러운 숫자
나도 한때 가능성에 차 있었죠 도금이,
나를 감싼 얇은 막이, 하지만, 누가 알았겠어요? 나는 이
리저리 긁혔고
그래도 한번은 사등에 당첨됐고 지금은 죽었습니다

관 속에 누운 듯 얌전한 욕망이 있을까?
나는 밀실 살인입니다 나는 긴급피난입니다
태어날 때부터 귓속에 불어온 신이
곁에서 지껄이도록 두었죠 밤새
태엽으로 꾸벅이는 새 흉내를 내며

날마다 내 방문을 조용히 닫아주던 활주로……

미사일 격납고가 엄마인 줄 안다 이제
너는 남극토끼를 꿰맨 털조끼로 덮는다
언덕에서 굴러 굴러 내려오는 정오의 왕으로부터

지혜여 시궁창에나 가라
안내자여, 종 속에 울음을 매장한
묘지기여 삶의 혜안, 이거야말로 끔찍한 종양이다

너는 출산의 거장
너는 간통의 명수, 너는 웃으며 낳는다

너는 감나무처럼 낳아댄다 주택대출과
국민연금과는 무관하게

강화도로 가는 배편이 빨라요
이 모든 정육 향기가 가죽 자루에서 빠져나가고
과연 계절은 나를 남겨놓는 게 빨랐습니다

들리네요 화로 안에서
뼈와 불이 부딪치는, 응원

나는 하지 않습니다 살라고 견디라고
하지 않습니다 이웃을 사랑하라고도, 혁명
몰라요, 알 바 아닙니다 그럴싸한 고통
주먹 쥐세요 던지세요 만일 공중에 돌이 맺힌다면
그 손에서 떠나간 눈빛일 테지요

넘어졌습니다
몇번이고 몇번이고 꽃덤불이었습니다

너는 잘 맞혔습니다
나는 좋은 과녁이었습니다
도끼 곁에는 나란히 비

홍금보

홍금보가 중국어로 말했다 견딜 수 없다고

모든 것이 쓸모없는 노력이었으며

노력을 다하든 그렇지 않든 저는 고통스러울 것이며

고통을 극복한 뒤에는 더 큰 고통이 따를 것이고

의미는 그것이 의미이길 원하는 사람에게만 의미이며

의미가 없다는 말 또한 의미이므로

악당의 낭심을 수백번 걷어차본 나 홍금보는

제가 지금 들고 있는 이 물병의 낭심도 차버릴 수 있다고

〈그럼에도 불구하고〉라는 말은 평생 여러분과 저를 기만

했으므로

그럼에도 불구하고 수천번 명치를 맞은 나 홍금보는 더

이상

명치가 닳아 사라지더라도 울고 있을 수밖에 없으며 구석

에 거기 졸고 계시는 분

깨어날 필요 없으니 그냥 계시라고

강단에 서서 홍금보가 중국어로 말했다

우리라고 불릴 만한 모든 우리는 기마 자세로 다리를 후

들거리며 경청하고 있었고

홍금보가 중국어로 말했다 예를 들면 제가 선 이 강단

제가 수만번 착지해온 낙법 한방이면 가루로 만들어버릴
것이며

곧 경비가 들이닥치고 공권력이 투입되겠지만

입에서 불을 뿜어 불태우고 드리워질 장막은 찢어버릴 것
이며

수십만번 내쉬어온 호흡이 수백만마리의 왜가리떼가 되어

여러분의 살갗을 눈송이처럼 파고들 것이나

여러분은 수천만년어치의 호수를 맨발로 걸었고 저는 지
금 수억명의 아픔을 느낄 뿐이니

저는 홍금보가 아닙니다

한마디만 더 해야겠습니다 여러분

더 나은 삶 같은 건 없습니다

피아노 의자를 끌어와 앉으며 홍금보가 중국어로 말했다

모든 신들이 울음을 터뜨렸다

사유사

S C R E A M

당근무서워
당근무서워
당근무서워

엄마
당근무서워
엄마?
엄마?

당근이 따라잡을 거예요
당근이 데려갈 거예요

누구도 벗어날 수 없어요
그래서 당근당근 재배했습니다만

죽은 고래가 해변으로 떠밀려오겠죠

이글은당근의후원을받고정직하게작성했습니다
감사합니다 감사합니다

어제 안 한 퇴화

바가지에 받은 수돗물을 들이켜
죽은 사람의 입술 자국을 떼어내는 일과 같이
고전은 다른 때 다른 곳에서 태어났지만 한날한시에 죽었
다고 합니다

티비 뒤로 우당탕탕 뛰어나간 저 다리들은 무슨 교육 방
송입니까
알락꼬리여우원숭이는 삼대가 무리 지어 살지만 때때로
혼자 수음을 하다 동물원의 둥근 벽에 머리를 박고 죽는
다…… 그럼 망고땡입니까
내 신체들은 소금 가루 같은 구멍에서 순간 태어나 각기
다른 염전에서 말라가기로 했습니다

네가 맹장으로 운다면
네가 종양으로 운다면
네가 찢어진 모루뼈로 운다면
손으로 뜯어내 내게 붙이고 싶은 맹장

질척이는 어둠에 빠져도 기름쏙독새는

스스로도 발쥐도 모르게 목을 단번에 비튼다 그럼 리모컨
은 어디 있는 걸까요
　채널을 돌려 암흑을 벗어날 리모컨이 없어요 사방의 벽이
담즙처럼 쏟아지는 이 시간에도
　인류는 바다로 엉금엉금 기어가고 있습니까 생선 가게 냄새

에 늘어선 마네킹을 어둡게 둘러싸고
간판에 반짝이는 불빛마저 내려
문을 걸어 잠그고 마지막으로 나가는 저것은 무엇입니까

사랑의 그 취미는 무엇입니까
지느러미가 오므라들어 꽃잎이 되고
손발은 서서히 망치가 되어 구겨지고
두 눈은 망가져 석탄으로 온 거리에 떨어지는데

　모든 양서류 중 인간만이 아가미로 눈물을 밖으로 흘려보
내 체온을 낮춘다……
　우리의 갈비뼈를 에워싼 안개는 어느 세기에서 왔나요
　수천의 귀리가 대륙을 건너는 중입니다

시브체프 브라제크

무화과 그늘이 이마에 묻혀줄 때
나는 잃어가고 있음을 느낀다

석류의 붉음이 바닥에 고일 때
나는 잃어가고 있음을 느낀다

개개비의 깃이 공중에서 녹을 때
나는 잃어가고 있음을 느낀다

불에 탄 나무토막 같구나, 아스케

토막 난 폭설 같다

토막 난 채 도마에 귀를 대고 있다
토막 난 발이 멀리서 중얼거리고 있다

계절감, 그것이 동강 낸다
불은 잘못 스칠 때 피어난다 어쩌다 붉은 면에 긁힌 성냥
처럼

번져버린
좁은 골목에서
하는 수 없이 마주쳐 인사하고 스친

머리들처럼,

오랜만이야, 왠지 나는 팔이 덜 그려진 땔감이었습니다
팔절지 밖으로 걸어나가 말장수였습니다

그들이 끌고 간 꿈속에서, 왠지 나는 가루만 까맣게 남은

토막이었다

  내 몸 어디서 기생했을까요, 이 불은? 이 너울거림은?
  나는 쪼그라들고, 불은 물집처럼 점점 부풀어서, 나보다
더 커져서……

  보시지요, 어딜 가도 이런 말은 구할 수 없을 겁니다
  조금도 달리지 못하는 말입니다
  울고
  멈출 줄 아는
  말입니다
  십년 열흘 이 질긴 말떼를 질겅이며 자랐습니다…… 반갑
습니다

  발굽이 나를 멀리 걷어찼을 때
  나는 네가 오른발을 보고 따라 그린 왼발이었다

  뭉툭하고, 춥고, 재갈 물린 발…… 그럼
  입속에서 중얼거린 폭설들은? 아버지

반갑습니다 올 추석엔 찾아뵙겠습니다 반드시
양손 가득 상자를 든 사람이 되겠습니다
네, 네…… 상자를

열고,
상자가 상자를 열어서,
꺼내고 나면, 주고, 남은 방에 내걸려

고깃덩이 같다, 갈고리에 꿰여서
흔들려서
마주쳐서
눈보라 뚝뚝 흘리는

푸주칼 같다

계절감,
그것이 토막토막 쳐내고 있다 게마인샤프트

다 팔렸지요, 살고 싶어, 삼중창,

기나긴 백지로군요, 오줌보,

으악새, 개아재비, 살고 싶어⋯⋯

왠지 나는 말뚝에 매인 새끼줄이었다 가닥가닥 흐트러지
는 잠을 칭칭 감고서

오른손 안의 숲과 왼손 안의 강물을 바꿔 쥐었다

그러니 내가 다 타버릴 리 없었어요

オレノカチダ

島田源氏

　幼い頃から僕を苦しめたあいつがナマケモノのような足を出して「これまで千万かたじけない」と僕の手をかかえる時「見た目，ざまを見ろ」と思いました．

내가 이겼다

홍연자 譯

어릴 적부터 내 마음을 괴롭게 한 그놈이 나무늘보처럼 느린 앞발을 내밀어 그간 고마웠다고 내 손을 감싸 쥐었을 때, 것 봐라, 꼴좋다,라고 생각했습니다

드미트리, 드미트리예비치, 쇼스타코비치,

하여간 잠시라도 틈을 주면
금세 헛소리로 비좁게 한다
타조 폭설 왈츠 오랜 내 망령이여

러시아에선 타조로 살아가지 않습니다
타조가 블라디보스토크로 살아갑니다

러시아에선 블라디보스토크가 당신으로 살아갑니다 러
시아에선
블라디보스토크와 내가 갑니다
러시아에선 구타가 당신에게 갑니다 눈물은

눈물은 당신의 강설로 대체되었습니다

눈물? 여름날 푸른 살구에서 그것을 보았습니다

주인이 울로 나무를 칭칭 감았고, 나는 다가가지 않기로
맹세했지요 맹세했는데

눈물?

　들어봐요 당신
　이놈의 신발 끈은 맨날 풀려 막대 앞에서
　주춤합니다 때문에 망가진 신
　벗었으니 잘됐지 나는 림보를 잘하고 때문에 내 한계는
낮아지고
　조금만 더 목에 막대가 닿았어도

　외쳤을 것이다 알아요! 태양!
　코로나! 또 또 그것도 알아요
　태양의 검은 점, 알아요 심장 속의 우박
　이놈의 바람은 맨날 풀려 꽃으로 망가진 후박
　나무 끝에서

　진심! 굶주릴 때면 흩날리던 그것이었습니다

　몰라요, 헤매는 숲을 꿩은 주위 물고
　그 마음 구찌한테 물리곤 투덜거렸지 "하 참, 왜 나한테만!"

　나한테만 침 흘리는 게

　죽음인 줄 알았지 러시아에선

　너의 시야에선

　폭설 같은 타조의 깃 속에선

　주인인 줄 알았지 목줄 매달린 저 사람

　구찌도 착각을 합니다 구찌도 멍멍

　삶을 잘못 고릅니다 꿩!

　꿩꿩 쉽고도 잘도 헤매지? 분필 하나로 칠판 앞에 선 그

애도

　삼각형을 그립니다

　도형 안에서 제일 먼저 고독한 수

　삼이지요 내가 그 속으로 들어갔습니다

　대야 속으로 미끄러진 비누처럼, 멍멍히

　너는 수학을 애도합니까? 서서 마냥 울기엔 회초리가

너무 밝습니다 넘어진 태양

무너진 나의 양 러시아에선 왈츠가 나를 무대에 돌립니다
삼박자로
눈발을 앓힙니다 때문에 내 음악은 비좁다 러시아에선

영혼 같은 건 블라디보스토크의 타조보다 널렸다 아무도

안 살려고 하네요 팔리지 않네요
그중 한 삶을 내가 삽니다 내가
살 겁니다 내게 감사하십시오

때때로 겨울이 나타나는 이상한 풀밭 점묘

숨이요 햇볕이요 카라구치다

언덕엔 비누풀, 빛 날리는 비누풀
오늘 하루는 이 바람의 끈만 쥐고 있기로

아무리 세워도 안 되는 것이다 내가 흘린 붉은 뿔은
눈알이 없어서
사흘을 울고 내다 버릴 눈알이 없어서

풀밭을 파랗게 그리려면 빨간 점을 섞어야 해요
재밌죠 사람의 눈이라는 게, 이 열기를 푸른빛 곁에 두면, 마치
부서진 말이 달리는 것처럼 보인다는 게

그래서 울음소리는 한밤중에 달리나보다 빵 속에서
길을 잃은 것처럼

물결을 건너온 다리미처럼
셔츠 어깨를 누르는 삼초가 좋아

살아서 귓속에 빗방울을 담는 것보다
죽은 자의 목소리를 듣는 것이 좋아

보다 잘못한 건 너무 높은 곳에 지옥을 세워둔 것이다 거기 식구가 얼마나 화목한 줄 모르고
거기 수박 껍데기가 먹고 버린 웃음인 줄 모르고

이상해 다 큰 모과나무가 내게 들어 있다는 게
빨아 먹고 나니 구덩이만 남았다는 게
이상해 다시 구덩이로 들어가야 한다는 게

풀밭에 가면 풀이 서 있다 이천개의 녹색 촛불이 켜진 것처럼
삼천갈래로 세계가 찢어진 것처럼
사천일간 엎드렸다 빌고 일어난 것처럼

거기 식구들 사이 내 자리가 없는 줄 모르고
담배 가게 무슈가 말했지 Y a-t-il une pipe ici?
파이프 파이프, 대체 영혼이란 넓은 곳에서 좁은 곳으로

빨려들어가지
　우리가 내뿜은 연기를 우리가 나온 구멍으로 돌려주기 위
해……

　그래서 한밤중에 들리나보다 입술에 퓌퓌 소용돌이
　영영 좌석에서 일어났습니다 물을 내리고
　덩어리를 남기지 않습니다 물을 내리고

　빨간 점을 섞어야 해요 자꾸 퓌퓌 돌아가려는 풀밭에
　촛농처럼 흘렸습니다 사흘을 녹아서

　사흘을 울 눈알이 없어서 뿔을 심어요 만일
　그 구멍을 우리 영혼이 지나고 있다면 들리겠죠 여름 ─
　휘파람이 겨울 ─ 먹구름을 밀어내듯……

　오늘 하루는 겨울나무의 빛처럼 날려가기로
　가장 안 보이는 점이 진눈깨비, 폭설 속에서
　하나비, 모과 향기, 영혼의 매운 맛

나탈리아 세르게예브나 본다르추크

본다르추크와 마늘꽃게볶음을 먹었다
3번 테이블에 앉으면 마름모꼴 창호문과 붉은 기둥이 잘
보이고

희고 젖은 종이 더미도 곧 왔는데 그건 진장로스라고 했다

곡기를 끊은 다섯명의 충신이
몰래 시켜 먹은 데에서 유래했다고 알려주었다
영이 흐리면 내리는 전통 음식이라고

명동은 명계의 동굴이란 뜻으로
그 구멍을 백골로 메우고 세운 도시라는 사실도 알려주었다
팔년 전만 해도 이 일대 전부 표고버섯 농장이었으며

잠깐, 오른쪽 문을 열면 지옥이에요
반대편 문으로 다녀오라고 알려주었다

본다르추크는 어느 문을 열든 지옥으로 이어진 곳에서 왔
다고 했다

그 만화는 72년 베를린에서 그린 것이다

한국에서 가장 두터운 지옥은 칠성시장 먹자골목 매점 지
하에 있고
거기서 얼어붙어 깨진 영혼은 다시 주워 맞출 수 없다

나는 짚풀 속에서 벌떡 일어나 비명을 지르는 버릇이 있
는데 이건 나따샤에게 알려줄 수 없다

내년 춘분에는 하염없이 바닥이 꺼지는 모래 위에 누워
있고 싶다는 것도

나는 다시 의자에 앉았다
무릎이 입방체로 붉게 젖었는데 그건 마파두부라고 했다

추운 이름을 달고 태어나면 점점 버섯이 되어버린다는 걸
이 근방에 모르는 사람은 없다

또 나는 다리를 하나씩 오므리는 개양귀비를 당신의 입술

에서 보았다

춥다

구미호

아들아, 이리 와서 앉거라 너도 이제 성인이 되었으니 진
실을 알아야겠지
　예상대로, 저는 주운 자식인 건가요?
　아니란다
　짐작대로, 죽을병에 걸리셨나요?

　아니란다
　역시나, 제 친아버지는 매일 티비에 나오는 그분인가요?
　아니란다
　젠장! 저만 보면 떡볶이 사주고 남몰래 주방에서 눈물을
훔치던 그 아줌마가 제 진짜 어머니지요?
　도대체 무슨 소리를 하는 거니!

　지금 보여주는 건 누구에게도 말해선 안 된다
　네 절대 절대 말하지 않을게요
　한번만 보여줄 테니 잘 보거라

　맙소사!
　우리 네코마타 일족은

네코마타 일족이라고 하나요?

자세한 건 다음에 말해주마

그래서 우리 일족은 사람과 대를 이을 수 없어요

당장 헤어지라고 하진 않을 테니, 지금 만나는 그 아이도
조만간 정리하는 게 좋을 게다

저런!

……어머니, 그러니까, 저는 사람이 아니라는 말씀이시
죠?

그렇단다 당장은 받아들이기 힘들겠지

오늘은 여기까지, 내일은 똥꼬에 똑 들어맞는 꼬리를 사
러가자꾸나

나는 방에 들어와 책상에 엎드렸습니다

시드는 해를 보면 혀끝에 침이 고이던 일과

무당벌레의 그림자를 엄지로 꾹꾹 누른 일이 떠올랐고

오늘의 이야기를 곱씹을수록 기쁨이 몸속에서 점점 퍼져
나갔습니다

김영만

순서대로 접어주세요 붉은 색종이는
튤립입니다 겹겹이 말아 올린 촛불처럼

귀퉁이를 이렇게 오리고 금종이를 뿌려주세요
용암입니다 흘러내린 식탁보처럼

빨간색이 없다면 파란 종이로
마음이 없다면 축축한 혀로

푸른 용암이 얼마나 많은 돛을 거느리는지

얼마나 많은 눈알이 얼음 속에 떠 있는지 네 눈동자에
내 형상이 지쳐갑니다 검게 검게

칠해봅시다
껌 종이를 잔뜩 구기세요 손끝으로
다시 펴세요 뭉게뭉게 피어나는 문조의 영혼

씻어둔 컵라면 용기는 빙하로 말라갑니다

눈발에 갉아 먹힌 수수깡처럼
지옥에 두고 온 빛깔처럼

꽁무니에 대기를 이렇게 후후 불어넣어줍니다
그럼 망아지랑 맑음이랑 문둥병이 걸어가지요

마지막까지 아껴 만든 생명은
열대펭귄입니다 그 펭귄은
나찰처럼 웃는다

백종원

오래된 야구장이 명물인 도시의 변두리 길을 백종원과 함께 걸었다

길가에는 아름드리 플라타너스가 보이지 않는 곳까지 늘어서 있고 거대한 나무 뒤마다 사람들이 숨어 앉아 우리를 지켜보는 걸 느낄 수 있다

허기져 돌아본 나무 밑에 식당이 묻혀 있다 나는 거기에 들어가 여우 두건을 두르고 앉아

"오늘 열릴 경기가 여기 구장에서 하는 마지막 경기라죠 그래서 우리 팀 몇쯤이 죽을지도 모른대요"
그게 사실이라면 애석한 일이군요 대답하곤 김이 훈훈한 청국장에 숟가락을 얹었다 여기서 얼마를 더 가야 도심이 나올까

백종원 곁에는 늙은 급사가 손을 모으고 서 있고 급사는 기아의 발처럼 뒤틀린 히비스커스가 그려진 액자를 가리킨다 식당 밖에는 크게 솟은 야구장으로 향하는 사람들

거리의 간판마다 백종원의 얼굴이 크게 그려져 있다 백종원은 우리가 나온 식당의 옆집을 가리키며 저 집은 맛이 없다고 했는데 그 팔엔 갈고리가 돋아 있다

우리는 끝없이 계단을 올랐다 모든 계단은 끝이 난다 우리는 모난 곳을 밟고 또 밟고

그가 돌아보며 고함쳤다 세상에서 제일 참을 수 없는 일이 남의 꿈 이야기를 듣는 것이라고 "왜냐하면 그건 아무런 의미도 없을 뿐 아니라 듣고 있는 사람을 강제로 흥미 있는 척하게 만드니까!"라고, 그럼에도 지금까지 같이 다닌 것은 너를 사랑하기 때문이라고 너도 나를 사랑한다면 이 포수 마스크를 쓰고 내려가 앉으라고

무너져내리는 경기장의 풀밭 위를 선수들이 뒹굴고 있었다
홈에서 본 야구장은 서류 가방처럼 차곡차곡 접혀 사라지고 있었다

내게는 심판이 있는데 분노가 이 도시의 명물이라고 심판

이 말했다

　식당으로 돌아가 된장을 한그릇 더 삼켰다 식탁 위에서
고요히 나를 기다리던 된장국 속에 자그마한 야구 선수들이
달린다

전우주멀리울기대회

알락해오라기와 카카포가 멀리 울기 기록을 보유하고 있다
—팀 버케드『새의 감각』

풀 먹인 털실을 원하는 행성에 심고
편안한 자세로 입질을 기다린다 마음으로 에테르가 오면
힘껏 당긴다

얼마나 먼 곳의 행성을 당겼는가
목표로 한 행성이 얼마나 떨렸는가
끊어진 실의 가늘기와 선명도, 마블링에 따라 최고 A++
등급부터 차등 배점

충분히 주물렀는가 다진 목살
충분히 두들겼는가 이빨과 이빨
한번도 말아 넣은 적 없는 사람의 꼬리처럼

털실에 정해진 아교 외에 유리, 설탕 등의 이물질을 묻혀
선 안 된다【-5점】

타인에게 줄을 양도하거나 서로 바꿔 쥐어선 안 된다
【-7점】
　몸속의 게양대를 내놓은 채 죽어가선 안 된다【-3점】양손
을 들고
　남의 국경을 발로 지워선 안 된다【실격】

　노크 노크
　당신이 이 사람을 압니까 노크 노크
　당신이 이 사람을 압니다 노크 노크
　당신의 끈을 당신의 정수리에 꽂은 당신이

　빵봉투에서 빵봉투를 꺼내고
　빵봉투를 뜯어서 빵봉투를
　빵봉투에 빵봉투를 잡아먹은 빵봉투와
　빵봉투에 빵봉투를 먹은 울음처럼

　다 알면서 방문을 열어대는 깊은 밤중의 엄마처럼

　대륙간탄도미사일과 키르히아이스가 멀리 울기 기록을

보유하고 있다 1867년 에스토니아

　　남정네들이 마누라의 비늘에 아교를 바르던 풍습이 기원
이 된 이 대회는

　　매년 우주 각지에서 모인 먼지로 성황리에 치러지고 있다
연평균

　　2명의 참가자들과

　　연평균 2밀리그램 질량의 혹성들과

　　연평균 2초간 멈추는 나의 자전과

　　위장 속까지 비끌린 문들을 하나하나 밀어보는 내가

　　문 없이 손잡이만 덩그러니 쥔 채 엉덩방아 찧은 내가

　　성황리에 치러지고 있다 황제거북 둥지의 훼손 문제가 끊
임없이 지적되어

　　1867년을 끝으로 폐회하였음

　　쭉 낙담합시다 지방과 단백질 사이의 아름다운 계곡을 따라

　　합창합시다 나의 동기 나의 장래 희망 나의 닥터

나는 동의하지 않습니다 내가 내게서 갈수록 뺏어가는
것들

낮은 자의 소리가 높은 자의 소리보다 멀리 전달된다
빨리 돌아버린 행성에 심으려고
목소리로 균이 전달된다 별이 떠나고 남긴 구멍은 누가
책임집니까
머리카락이 빨려들고 있습니다 매일 밤 자라지 못할 정도
로 조금씩

치명적입니다 멸균된 감정 속으로 확산되는
노크입니다 노크입니까 매일 아침 덜 벗어난 허물을 비늘
째 뜯어내며
대회 규칙에 따라 진행에 지장 없다고 판단하였음

편안한 자세로 입질을 기다린다 가장 멀리 우는 행성에
털실을 심고
빵봉투를 터뜨리고 터뜨린다
나는 이 줄을 놓은 적 없습니다【-5점】

손안에서 하나의 방이 사라졌습니다【-5점】

밀입국자의 발끝으로 지워지고 있습니다【-7점】

누레예프의 눈보라

긴 터널을 지나는 일, 우악스럽게 돌고 뛰며 눈보라에 발
등 찍힌 발레리노가
잠들기 전이면 이를 악물고 몸을 웅크립니다 꿈에 떨어질
때 엉덩방아를 찧지 않도록

당신은 거기서 세마리 사자였습니다
애꾸이며 절름발이이며 꼬리가 부러져
당신에게 뭐라고 말하려 했는데
입술에 뼈가 많아 들판엔 햇빛이 뚝뚝 흐르고

살아 있는 눈보다 의안이 더 빛난다 그것은 눈이 있던 자
리로 고인 어두운 물 때문이라는 당신의 말씀
바닥에 두근대는 붉은 털실을 맨발로 밟고 나는 깊이 모
를 우물에서 양동이로 무언가 계속 길어 올렸습니다 무서운
음모를 엿들었다는 듯이……

첫 글자에서 마지막으로, 마지막 글자로부터 처음으로 달
려가는 문장들이 만난 숲에서 새떼가 한꺼번에 날아올라 기
억을 뒤덮고

이 책은 결말을 쫓는 사냥꾼이 됩니다 들리나요 책을 펼치면 귀를 때리고 뭉게뭉게 흩어지는 총소리

나는 비명이며 멀쩡한 모든 것이 펄쩍펄쩍 나를 통과해갑니다 터널의 맞은편 끝에서 절뚝이며 다가오는 저 그림자는 무엇입니까

안부가 오갈수록 털이 자라는 편지봉투를 품에 안았습니다 두터운 갈기에 파묻혀 나는 어둠 속에 주저앉은 눈보라를 떠올렸습니다 위로받는다는 것은 무슨 풀밭입니까

당신은 장롱 밑을 더듬어 나를 끄집어냈습니다

깊고 끝없는 그 틈에서

으엣취, 으엣취, 해버려 나는 태어났습니다
거기서 내동댕이쳐졌을 때 꼬리가 부러졌어요

서정의 짐승

그 여름 나는 사람의 동공에 일렁이는 물비늘 때문에 어지러웠다 닫히지 않는 문을 액자로 걸고 나는 여름의 발바닥을 매질했다 부은 마음은 콩밭에 가고 붉은 콩밭 사이로 내가 매단 짚 인형이 너희의 웃음으로 흔들렸다

여름이 조촐한 의지로 세워놓은 사람이 움푹 파인 과일처럼 보도에 쌓인다 아, 목청이 너무 많다, 너희는 이렇게 중얼거렸고 너희 몸통에, 여름이 창을 내질러 꿰뚫린 구멍이 휑하고 노랗게 익어간다 아, 인생이 지겹다, 구멍을 손질하며 너희는 이렇게 중얼거렸다

주운 사람을 바구니 가득 담아 형부가 식탁에 우르르 쏟아낼 때, 너희는 어제 쪼인 저녁 향기로 흘러넘쳤다 뜰팡에 버려진 형부의 노랫말을 처제가 주워 성탄목 그늘로 장식할 때, 내 목소리가 흘러내린 성탄화를 한 계절 미리 완성할 때, 나는 고막에 닿은 물결 때문에 어지러웠다

자라고 울고 구르고 깨어진 석류가 즙액을 흘리며 문 앞에 서 있다 그것은 없다 너희가 구긴 붉은 숨결로 떠다닌 양

떼가 소년들의 가파른 뺨에 몰려 있다 그것은 없다 거리가
마련한 모든 묵상을 나는 거절했다

　그것은 계절이 강요한 인내로 뭉쳐진 청동조각이니 그 여
름 빛의 물결에 부유해 웃으며 신음했다 살구 속의 회전계
단을 너희가 오른다 살구 속의 불협화음을 너희가 누른다
살구가 쏘는 녹색 광선 때문에, 동공 속의 별이 파랗다 아,
죽음이 어렵다, 동자꽃이 솔체꽃이 메꽃이 치자꽃이 이빨
돋은 채 태어나 이렇게 퉤퉤 뱉고 스스로의 입술 속으로 화
음을 끌고 들어가 쪼그라든다

　나는 위장에 곱슬한 머리털을 길렀다 또 나는 후미에라는
귀먹은 우물에 환한 피를 빠뜨렸고 그는 거꾸로 선 소리로
돌아왔다 아이들의 화승총과 오랑캐의 하품과 너희라는 두
레박이 좋아서, 나는 개같이 침을 흘렸다 나는 자라지 않고
울지 않고 구르지 않고 깨어지지 않았다 악몽을 향해 돌진
하고 깨달음의 팔을 자르는 편리한 주상절리 그것은 없다

　불티에게 말했다 즘게에게 늘어섰다 너테에게 나란했다

131

도린곁에서, 머리 위로 흐드러지는 물과 분수에서 도려낸 무지개로 내 혀에 구름은 야단법석, 객석에 앉은 여름이 말문이 막힌 제웅의 말을 떠밀어 내 제사는 홍백동서가 어지러웠다 막이 내리면 동공의 위도가 기우는 너희의 경야 곁에서

　구름판을 밟고 뛰어오른 굼뉘가 엎어졌을 때, 나는 코치가 헛디딘 발음의 자식이었고 나는 구청장이 잘 닦은 둔치의 이물감, 아저씨가 쳐낸 연근의 구멍과 거기서 웅성이는 배회자들, 새끼균류의 합창이 펼친 화려한 푸둥지와 소금의 반짝이는 발톱, 팽배하는 구름의 치아노제, 바람이

　바람에 쏘아져 녹아내리듯, 화염이 화염을 파고들며 사라지듯, 물을 탐하여 허우적거린 나는 허물어지는 물의 짐승이었고 손아귀에서 메뚜기처럼 피거품을 머금었다 난청과 멀미는 이 폭우와 맹진한다

권태의 괴물

천마리 들개도 만들어낼 수 있어요
마음을 위해서면
개네는 호숫가에 둘러앉아 핥고 있습니다

호수에서 퍼낸 자신을, 웅웅 하도 오래 머금고 굴려대서
혀끝에 발린 자신을

마침내 자기 자신이 될 때까지 음미하면서
몸에 난 천개의 창이 흘러내려 설탕물이 될 때까지

다 핥고 나면 또 뭐가 필요하겠어요
마음을 위해 만든 천겹의 눈꺼풀과 마음을 위해
하얗게 불타는 장미 덩굴이 파랗게 엉킨 파리 식물원

　저는 이쯤에서 등장합니다 저는 어떻겠어요 마음을 위해
만든
　저는 잔디가 뱉어낸 서리가 발바닥을 콕콕콕 찌르니 비통
하게 중얼거립시다

시간이 가긴 갈 건데
조국이 궁금하다
쓰고 싶어질 때가 슬프다

사탄이 머리 위로 퍼붓는 겨울이었습니다
냉혹한 음악 덕분에 예리해지는 나뭇가지
와 악수를 서슴지 않았죠 피투성이

주먹을 쥔 측백수림의 가을도 지났군 지났으니
땅콩버터처럼 서늘한 결심을 꺼내
좀더 마음을 위해 건져봅시다 무엇을?
당신이 팽개친 뚜껑 열린 진눈깨비
시간이 가긴 갈 건데

시간이 가긴 갈 건데
엄마는 안 온다
구겨진 엄지발톱처럼

엄마는 안 온다

돌이나 던지면 깨지기나 하겠습니까
그렇게 던져서 제가 조각나겠냐고요
당신이 거울로 쓰려고 닫은 천개의 창이

멸망 같은 소리 하고 있네
미끄러진 빗방울과 같은 소릴 내고 있어

서해바다 먼 곳에서는 물결이 일겠습니다

이 얘기를 제가 왜 꺼냈죠? 응응, 위해서지 참
　마음을, 그래 마음을 해봅시다 일렁이는 잔디마다 악센트
를 넣으며

야차의 시간이 가겠죠 머리에 수북이 쌓였다가
한꺼번에 녹아 흘러내리는 혹은
뚝, 하고 꺾이는 야채의 순간이

조국이 궁금합니까? 조국이 알면 뭘 얼마나 알겠습니까

끈끈이에 드러누워 심드렁한 파리의 슬픔을요? 아

천마리 개떼 얘기를 하다 말았네 개네는
이제 필요 없습니다 마음을 위해서
알 게 뭡니까 마음 언저리 어디서 흙탕물이나 핥다 사위
든 말든

저도 마찬가지고요 무슨 소용 있겠어요 마음을 위해 만든
제가, 다행히
시간이 가쳤는데
쓰고 싶어질 때면 또 슬프겠죠 파리가 날면 끈끈이를 풀고
이리저리 가위질하겠죠 내게 난 점선에 맞춰

당신이 얼마나 굴러왔습니까
기어이 호치키스를 들었습니까
이 마음에 마무리가 필요합니까?
일관된 서사가 필요한가요? 양 웬리의 금언과 수미상관이
당신의 감동을 완성하는 데에 상관이 있습니까? 자

내가 친히 깨져드렸습니다

보시죠! 이 몸께서 반짝입니다 꿇고 조아리십시오 어딜
감히 고갤 듭니까

뚜껑을 닫고 가주십시오 땅콩버터

이것이 벗어나줍니다 암흑으로부터

이렇게 또

시간이 갔습니다

순간의 마귀

세계가 나로 호흡하는 게 아닐까 내가 숨을 들이쉬고
내쉬는 게 아니라, 내 입을 벌려 들숨을 불어넣고
날숨을 빨아 마시는 것, 세계

지나간다
뚱딴지같이 귓속에서 삐걱대던 바람개비와

바람 소리가 태양을 가리는 것을 듣지 않는다
대낮은 한밤중

나는 세계가 터놓은 뒷주머니이니까,
개가 집어넣은 말을 전부 쏟은 내가
잘났으니까

지나간다
헐떡임, 눈부심,
푸주칼의 감각

목줄을 풀어주어 고마워, 세계야

그리고 눈보라

네 식도에 날리는 흰 가루를
향해 짖을 줄 아는 내가 영리하니까

네 그림자가 날아가면 물어 올 줄 아니까

쓰다듬어주세요, 나를
태양 빛은 복면을 씌운다, 그러니

대낮은 한밤중
너부러진 그늘을 비스듬히 썬다

갈라진 내 그림자가 목줄이 아닐까 말을 내가 쏟아서
허파가 필요해서, 세계가 욱여넣는 숨이 내 입마개가 아
닐까,
걸었고

신발 바닥에 달라붙는 껌
걸었고

자꾸 밟힌 나의 밀도가
주말 정오의 암송처럼

흩어지고 있는 게 아닐까
그래서 눈보라 마렵습니다

나무늘보라 마렵습니다, 세계

개가 잠깐만 나를 데리고 노는 게 아닐까

나는 대단하지
야간엔 짖지 않아요
물지 않아요 입마개 없어도

걸었고
물체의 모든 고함이 세계

세게 지나간다

씩씩하지
나는 쓸모 있습니다
쓰다듬어주세요

원쑤의 가슴팍에 땅크를 굴리자

굴려드렸습니다

어머니

새해에는

귀순하겠습니다
귀 뒤를 씻고

피복도 칠칠하게 입어
승냥이의 아가리에서
벗어나겠습니다

보리밭에 머리를 펼쳐
흙구덩이 속에

혼자 남는 일이
없도록 하겠습니다 핏물과

송곳니를 뽑으면
소용없는 저항을 중지하면

인도적인 대우를 보장한다 합니다

명예스러운 전쟁 포로가 되어
하얗게 떡국입니다 새해에는

사태를 솔직하게 인정하겠습니다
소용없는 저항을
중지하겠습니다 나의 아가리

에서 군침이 떨어지는군요
뼈다귀도 못 추리는 인민 생활을
그만두겠습니다, 헌데

저를 찢은 궤도 자국을 어떡해야 할까요
하얗게

손을 펴고 귀순하겠습니다만
원쑤를 가슴팍에 굴리는 일은
그만두지 못할 것입니다

부록: 어찌하여 나는 비겁하고 치사하며 우아하게 되었는가

부엌의 문이 네번 분노하고
지옥의 지붕은 두번 인내하고
공장의 벽은 세번 실망했다

체념하라
비는 구름이 이마에 처박은 훈장
태양은 굴러떨어져 발치에 불타네

내 입술은 죽은 화산
입속의 진창에 말이 잠겼다

젖은 파래처럼 나라진 나의 말아
살찐 누름돌을 들어 올려라
무딘 혀로 원수의 이름을 적어라……

내 표면에 물방울이 맺힌다 서로 껴안았기 때문에
얼음의 모서리는 녹는다
너무 오래 참았지
오래 참았어 설탕벽 같은 나의 경계가

너무 오래 달콤했다

외곽선!

너와 나 사이 균열을 그렇게 부른다

베르나르 뷔페의 해변에서 그것을 보았다

그 틈에서 새어나온 바람을 너무 맞아버렸다

싱가포르의 날고기

나는 생고기와 생고기의 외곽선을 건넜다

어쩌셨나요

　　　　　다녀온 소감이?

나는 여행기를 쓰지 않는다

반성문을 쓰지 않는다

나는 재채기로 너를 다시 살게 한다

하품으로 너를 다시 죽게 한다

따귀의 대중에 취향을 때려라!

아아, 입안 가득 씹히는 상념의 머리털이여

생각이 밀수품처럼 쌓이네

근데 이게 무슨 소리람?
바람에 실려온 쥐떼의 지저귐
누가 귀를 찢어 바다에 날리나보다

쥐는 나의 친구
귀는 얇은 빙판
죽은 것들의 한숨 소리나 털어내다
봄날의 상냥한 광선을 맞고 깨어졌다

생각의 악성 재고만이 내 표정에 나뒹군다 왜?
태양이 얼굴에 장갑을 던졌기 때문에

오르간의 담장이 다섯번 슬퍼하고
비올라의 회랑은 여섯번 좌절하고
트롬본의 화단은 일곱번 탈주했다

입속의 촛대는 매번 좌초했다

양초는 몽상의 씨주머니
불꽃의 머드러기를 따다 뇌에 낀 기름때를 녹이리
씨가 필요 있습니다 저의

연구가 이를 증명합니다
천마리 새의 겨드랑이를 제가 열었습니다
이 새가 어제까지 날았음이
분명합니다 제발 씨는 의미 있습니다

! 네가 음악의 가랑이를 아이처럼 찢을 때
마음이 마드리드

슬픔이 이스탄불
분노가 페테르부르크
체념은

음

선짓국?

김혜수의 고함이 좋다
생쥐스트의 푸념도 좋지

장3화음, 그것만큼은 견딜 수 없다

너희가 나의 물체를 알까?
징처럼 울리는 태양을 피해
이리 뛰고 저리 뛰다
떨어지는 나뭇잎의 스텝을
하지만 무슨 소용일까
정오가 사포질한 내가 얇아지고
흘린 피가 꼬리처럼 바닥에 끌리는데

나도 소방도끼의 대륙사면을 안다
잇몸에 열린 고드름을 달궈진 혀로 녹인다
내 심장은 삼만 피트 상공에서 보아도 붉다
고동은 잘린 도적의 발조차 다시 뛰게 한다
가슴에서 떨어뜨리면

혜성이 타오르다 재로 흩어지겠지
갈비뼈로 바리케이드를 세우고
부드러운 살과 가죽으로 봉한다

잠들라
오이의 혈액처럼 멋은 잠을

뭐라? 잠꼬'대 말고 자기 얘기나 좀 하는 게 어떠'냐고?
아! 내 얘기 말인가? 악어처럼 목덜미를 물어
너희가 흐뭇하게 이불 속으로 끌고 가 씹어대는
내 얘기 말인가! 좋다 들려주마

시체신부에서 "에밀리"가 춤을 나비로 바꾸며 날아갈 때
심장의 볼트는 망가져 기름을 흘렸다

모데라토 칸타빌레의 "안느"와 총성을 듣고
조각조각 떨어진 태양을 수습하기로 했지만

꽃이 축포를 터뜨리는 아래를 너는 걷고 나는 모든 뿔이

촛농처럼 녹아

　도로와 비로 울부짖는 내게 혀 없는 경관이 〈딱지〉를 붙
였다

　이보쇼, 눈물에 벌금을
　매기겠다? 그럼 장위동의 눈물을 모조리 담아
　오시오, 내가
　　　　　　　전부를
　　　　　　　　　　　울었으니!
　라 외치지 못했다

　죄송합니다　　폐를 끼쳤습니다
　아닙니다 이제　정신 차렸습니다⋯⋯
　　　　　　　　　　　　귀가하겠습니다⋯⋯

　그길로 고향으로 〈딱지〉를 부쳤다
　어머니, 경고합니다
　아버지, 주의하십시오
　제 심장이 거덜이 났습니다

깡패에게 털렸습니다
경보가 울려요 방범창은 조각조각 나
혈관에 박혀 있습니다
자물쇠는 "다가오지 말아요"로 짓이겨져
초췌한 물이 기어나오네

이보다 좋을 수가?
어쩔 뻔했어! 도둑맞지 않았으면
더 털어가라
아직 남아 있다
다시 들러달라
　　　　　　　　아니 다가오지 말라
실패했다 실패했다
오른 날개에 열망을 털리고 왼 날개에 희망을 털려
무게 추를 잃은 장난감 독수리처럼
골목에 처박혔을 때

얼갈이배추가 에메랄드야
순무 더미는 다이아몬드

축산물 시장은 보물전 식육전문기계는
금속의 이빨로 박수 치고 웃었지

아, 너희도
박수 치고 웃었지 시인님! 시인님! 시인님!
시인님? 장터에 끌려온 염소처럼 질질 짜는
시인, 내가…… 그거란 말인가? 쥐새끼

낮을 물고 뛰는 쥐가 있던지?
선생님 시를 읽고 위로받아요 (내 바람이 아닌데)
제 이야기 같아요 (그럴 리가 없는데)
기린의 치열이 슬퍼요: 내 골통을 꿰뚫는
뿔 같은 검은 혀

수조 '안의 빙어가 불쌍해요 하'지만 자네도
잠겨 있는걸? 이빨이 빽빽한 물에

씹히고 있는걸?
도살할 때

심장에 장화부터 씌워라 너의 심장이
발밑에 잠기지 않도록

법정의 송곳이 네번 분노하고
병원의 끝은 두번 인내하고
유원지의 망치는 세번 실망했다

나는 끝나지 않는다 내 이야기엔 인간이 없다
너희가 자랑처럼 가슴팍에 박제한 인간이

케이건 드라카는 어떤가
하나 남은 용맹한 키탈저 사냥꾼
폭풍이 되어 나가의 성벽에 몰아쳤으나 외려
나가의 심장을 지키는 바람벽이 되어버렸다

아나킨은 어떻고?
사랑을 지키려 철의 권좌 앞에 무릎 꿇었지만
잘못을 되돌리기엔 너무 늦어버려
벼락과 흑암만이 투구 속의 눈에 흐르네

또 누구 말인가? 포우 무라사메? 테레즈 데케루? 하얀 마음 백구가
웃긴가? 그리하여

모든 열전의 마침표 안으로 "그리고 죽었다"가 소용돌이치지
꽃으로 가득 찬 회전계단이 서풍에게 소용없듯이

그리고 죽었다
몽상은 어디에 맺히나 하와이의 쓰나미께서 헝클으신
서문시장을 휩쓴 화염께서 엎지르신
벌판을 더듬는 개자식의 흰 마음이여
굴러가는구나 수륙양용인 나의 머리가

갯벌에 밀려온 쪽배인 양 잠기는구나 연락처가 바뀌었습니다
이제 이쪽으로 말씀하시면 좋습니다

이쪽으로 흘러오시면 좋아요
한국의 해변은 유난히 납작해
가시투성이 구름마저 짓눌린다
갈매기 따개비 미역줄기 팔랑개비
서쪽으로 말씀하시면 좋습니다

서쪽으로 펼치면 좋습니다 햇빛은 구겨진 식탁보

세상이란 연회가 그치지 않는다
'시인이여, 한마디 하시라 세상이 어쩌고 하는 것
너희의 장기 아닌가?'
초대받은 자들의 화목은 무섭다
여기에 테이블이 있다니, 해변의 몸을 열며 내가 말했다
한 말씀 올려도 되나요? 말씀대로
(이 작은 몸 안에 성찬을 차린 테이블이?)
시인이 뱉는 말이란
                    갈라진 뱀의 혀와 같습죠
한쪽 갈래로 제삿밥에 침 흘리다
다른 갈래론 소년의 넓적다리나 핥는 법

아니면 병문안 홍옥을 앞치마에 품어다
침대에 누워 있기나 하지
'시인님 눈은 왜 이리 커요?'
네 모습을 잘 보기 위해서란다
'시인님 귀는 왜 이리 커요?'
너의 말을 잘 듣기 위해서란다
'입은 왜 이리 커요?'
아뿔싸! 호기심 많던 가엾은 세계를 물어 죽여버렸네

하지만 태양아 내가
이빨뿐인 몸인 까닭은 동쪽에선
빛날 것이라며 우리를 불태워놓곤
서쪽에서는 휘파람 불어댄 너의 탓이 아닌지?

그러자 태양이 달아나며 출구 없는 장갑을 던진 것이다

왼뺨의 한숨을 찍어내고 오른뺨의 샘물을 파내는 포카락
이것이⋯⋯ 서풍의 밑자락

정류장의 봄이 열번 분노하고
은행의 가을은 백번 인내하고
도축장의 여름은 천번 실망했다

인중의 털마저 못생긴 내가
몇번을 달싹이는 구두의 솔레아

산사태는 느리게 내려와 정수리를 두들기는데
심장 속의 들쥐는 포르티시시모로 날뛰네
이 불협화음을 사랑했다

이 엇박자에 올라타 흔들렸다
더 빨고 왔습니다
엄마 젖 더 먹고 오래서

너무 자라버렸습니다
풀숲에서 달려나간 사냥모자입니다
척박한 콧수염에 난 산불입니다

내 말단이 이렇게 거대합니다!
삼분의 일 정도는

소극장의 산울림입니다
사할 정도는 감동입니다

절반은 이곳에 저축하겠습니다······ 구름

메아리로 엉킨 심장
두근
      당근
         나는

              타고난 모리배
귀까지 덮는 폭설을 모자로 썼다

목장의 소파가 이해하고
광산의 침대는 고백하고

배 속의 장롱은 참회했다

염소가 진실을 암송하려 잇몸을 핥을 때
나는 그 콧김조차 지겹다!

전기톱 무리가 울을 부수며 발톱으로 으르네 정다운
몰골을 나눠 가진 물거울을 톱밥으로 으깨러

3분 후의 귀머거리
4일 후의 라자로와
5년 후의 산림청장이 되어

내 숨을 함부로 낭독하지 않는다 태양아
꺼져라! 너를 걷어찰 것이다

그리하여 밝은 기억상실을 횃불로 들고 걷는다

타마무시 오쿠의 "밝은 기억상실"로
불 꺼진 구름 아래를 걷는다

에메크의 칼날에 쓰러진 타이터스는 이렇게 말하고 번쩍임으로 스러졌다
"안녕히 세계야, 나는 너를 사랑하였다"

고요하구나 미지근하구나 온 세계의 냉장고가 꺼진 듯
안녕히 세계야

나는 너를 사랑하였다
내 텃밭을 파괴해주어 기쁘다
잔디와 대기가 이슬 속의 빛을 죽이며 발맘발맘 저녁을
만드네

어렵지 않지 저녁을 우리는 일이란
두렵지 않지 국물에 빠져 경직된 혈청을 우리는
씹는다, 불타는 나무들의 기쁨이 늪지에 가라앉을 때까지

충치가 깊어지고
비가 참작한다

층층나무가 개선되고
벼가 청구한다

나의 느낌이
나보다 먼저 도착해 있다

아빠
언제 다시 와? 붉은 동심원을
내 단어마다 선물한 가정교사

백작과 미장이를 한 지옥불에 앉히리
만점짜리 나의 단어가 초대한다
초대받은 자들의 화목은 무섭다

모가지마다 동그라미를 그려주마
착한 합체 로봇인 너희에게
나는 타도당해야 할 세력이다
주위엔 몇개의 위성이 돌고 있다

현무암이
화강암은
석회암은
편마암이

돌은 혈액 빨린 심장 나팔 명매기다
이것이 내 얘기다

고릴라는 혈액형이 모두 B형이래요
기쁘게 사십시오

물체여 이만 자리로 돌아가세요
본망으로, 혀에 감긴 철조망의 조망으로
내 입술은 죽는 화산

고마웠습니다
재밌었습니다

성공적입니다

몽둥이
마두 무두질
물결 무도 무도회

대위(對位)하는 언어, 다면체의 시소(詩所)

조재룡

마침내 넌 이 낡은 세계가 지겹다
── 기욤 아폴리네르*

329. 내가 언어로 생각할 때, 내 머릿속에
언어적 표현과 나란히 '의미들'이 또 떠오르지 않는다;
오히려 언어 자체가 생각의 수단이다.
── 루트비히 비트겐슈타인**

* 기욤 아폴리네르 「변두리」, 『알코올』, 황현산 옮김, 열린책들
  2010, 43면.
** 루트비히 비트겐슈타인 『철학적 탐구』, 이영철 옮김, 책세상
  2006, 194면.

류진의 첫 시집 『앙앙앙앙』은 기묘한 열기로 들끓는다. 호환 속에서 만들어진 기계장치의 장대한 그물코가 마르지 않는 이야기의 풍요로움을 가득 채우고, 전혀 다른 방식으로 반복 재생되는 부동(不動)의 장면들을 하나둘 끌어모아 폭발시키는 시적 에너지와 말의 운동은 왠지 모를 일말의 공포마저 발산한다. 오른손으로 네모를 그리면서 동시에 왼손으로 별 모양을 그리는 것처럼 류진은 메마른 백지 위에 단어 하나를 꺼내 들어 이 단어와 저 문장을 넘보고, 앞으로 뒤로 어떤 장소를 찾아 한없이 밀고 나가는 행위를 멈추지 않는다. 모국어의 외국어성을 마침내 발견하거나 그 지경에 당도하는 것처럼 류진은 어디에나 있으면서 끝나지 않는 시, 시와 시, 시와 사건을 복잡한 방식으로 얽어 기지(旣知)와 기존(旣存), 그것들의 문장, 그것들의 사유-사건으로 제 시의 터전을 다져나간다. 하지만 바로 그 문장, 그 사유-사건에 포획된 채 정박하지 않으며, 그럼에도 시인 자신이 대구를 이루며 성큼성큼 걸어들어오게끔 직조해낸 것마저에도 저당 잡히는 시를 쓰지 않는다. 류진은 내부에서 무언가를 끌어내어 시를 쓰면서도, 밖에서 짓치고 들어오는 세계와 이별을 고하거나 빗장을 걸어 잠그지 않는다. 그의 언어는 속기 타이피스트와 같은 리듬으로 무언가를 삐끔 뱉어내는 순간, 이미 다른 것을 촉발한다.

넘어졌는데 바닥이 따뜻할 때

흘렸는데 코피가 차가울 때
운동회를 열기로 했습니다

착지했는데 목성일 때
당겼는데 빗줄기일 때

나무떼가 철컥철컥 갑옷일 때

마음인데 차가운 햄일 때
물병 속의 물결인데 빠졌을 때

청군이 이기기로 했습니다

사냥꾼이 구름을 쏠 때
아이들이 후드득 떨어질 때

앞니에 노을이 안 지워질 때
눈물인데 돗자리가 반짝일 때

죽었는데 김밥일 때
준비하시고 개미는 응원입니다
　　　　　　　　—「우르비캉드의 광기」 전문

시인은 가능하지 않은 일들이 일어나는 순간을 '이러저러하다'라며 그려 보이는 것이 아니라 그냥 해버린다. "때"는 기대에 어긋나는 순간을 갈고리처럼 낚아챈다. 가령 "넘어졌는데 바닥이 따뜻할 때" "운동회를 열기로" 하는 식이다. 시는 부분적 공유의 상태를 유지하면서 "때"로 그 부분과 부분의 연결 고리를 마련한다. 그러나 거기에 '중심'은 없다. 여덟개의 연(聯)은 분명 서로 연결되어 있으나 그 경계는 명확하지 않다. 인접성에 바탕을 둔 독서는 중지되며, 수직과 수평을 무지르며 종횡하는 일종의 연결망에 말들이 걸려 대롱거린다. 핵은 "때"와 이 "때"의 결과로 주어지는 정의적(定意的) 문장들이며, "때"와 이 정의적 문장들은 서로 교차하듯 진열되고 전체 시에서 비선형적 구성처럼 분산될 뿐, 우리는 조각난 퍼즐을 찾아 맞추듯 상상력을 동원하여 전체 세계의 모습을 그려보는 수밖에 없다. 이러한 점에서 시의 제목은 매우 중요하다. 다른 작품에서도 그러하지만, 제목은 시의 작법과 주제 등의 연줄이자 착상의 근원이기 때문이다. 만남과 사건, 시간과 장소 등을 가로지르며 등장인물과 설정 전반을 오로지 부분적으로만 공유하면서, 어느 가상의 도시에서 우연히 벌어지는 기이한 파국을 그려낸 기발한 만화 『우르비캉드의 광기』는 우리가 전문을 인용한 시 「우르비캉드의 광기」의 곁-텍스트(paratext)라기보다 차라리 모형(matrix)으로 작용한다.

잘됐네
나라를 지켜서

나라 지켜서 잘됐네

잘됐어

왜 당하고만 있어
너 바보야?
눈알을 확 파버렸어야지

누나를 어
누나가

(…)

달려,
두번이나 누 앞에서 미끄러진 이리는
이리 결정했습니다 이번 회엔 반드시 굶주리고

깎아내는 거야 눈썹 끝에 맺는 잠의 귀퉁이
그것을 지켜서, 호두 껍데기를 잔뜩 쌓아서
나라는

그것은 잔뜩 잘됐을 것이다

손에서 눈알이 녹아내리는 순간을
나라는 당하고만 있을 것이다,라는
5월은 가정의 달

—「6월은 호국의 달」부분

표어와 같은 구절이 하나 튀어나왔다. 문장이, 구문이 하나 발생했다. 시는 이 말이 백지 위에 내려앉으려는 순간에 멈춰 서서, 기술하려는 바로 그 순간에 잦아든 다른 말들을 붙잡는다. "눈알"은 "누나"를 비끄러매고, "미끄러진 이리"는 달아나려는 순간 "이리 결정"하는 주체가 된다. 문장을 읽는 시간은 이상하게 뒤엉키며, 처음과 마지막에 발생한 시차를 부정하거나 교묘하게 뒤틀면서 문장의 순서가 뒤바뀌고, 시는 이렇게 새로운 처소를 갖는다. 이 순간이 바로 문장과 시간에 대한 우리의 통념과 합의가 깨지는 순간인 동시에 이 통념과 합의에서 벗어나면서도 의미의 단위를 상실하는 대신 새로운 질서가 들어서는 순간이다. 바로 이 틈과 시차 사이로 언어의 보따리가 한움큼 내려앉고, 문장은 외려 다국적·다층적·다성적인 성질을 지니며 펄떡펄떡 살아 숨 쉰다. 이와 같은 작업을 류진은 대개 담벼락의 포스터, 책 제목, 광고 문구, 신문 쪼가리, 정치 선전물, 시대의 구호,

영화 제목이나 영화배우의 이름, 역사적 인물이나 크고 작은 사건, 무용수나 연예인, 수학적·철학적 개념, 명문(名文)이나 오문(誤文), 시 구절, 연극 대사, 자막 등에서 착수한다. 어떤 시는 여기서 활력을 얻고, 어떤 시는 이접하며, 어떤 낱말은 솟구치고, 어떤 문장은 기절한다. 마감되기 전 무언가를 머금고서 끊임없이 다시 촉발되는 이 사태는 말의 인접성으로 인해 목전에 두게 되는 자연스러운 화행(話行)이 실행되었을 때 그 앞머리를 붙잡아 낚아채는 방식으로 인접의 경로를 절단하고, 그 상태에서 다시 화행을 여는 개시의 순간을 통해 시차를 비틀어 다면체의 문장을 촉진하는 결과를 낳는다. 이 다면체의 문장은 인접성과 유사성이라는 두가지 언어의 조합 축을 낯선 질서로 재편하면서 실제 세계와 실제 시간을 파괴하여, 말에 달리는 물리적 무게를 상이한 것으로 만들어버린다.

시와 시도 그렇다. 「6월은 호국의 달」 뒤에 배치된 「5월은 가정의 달」을 보자. 6월이 "호국과 보훈의 달"이면 5월은 "가정의 달"이다. 가정의 달은 "화목"을 "가정"한다. 어린아이가 "재미 삼아" "비눗방울"을 불고, "잔디"에서 "재미 삼아 발목을 섞는다"라고 말하는 장면이 우선 열린다. 즉, 어린아이는 뛰어놀고 있는 것이다. 그 위로 태양이 작열하고 있다. "태양열"은 평행적으로 배치된다. 두겹의 문장, 세겹의 화면이 섞이면서 태양과 어린아이가 '대위'한다. 시는 두개의 주제를 중심으로 전개된 교차 서술에 의탁하는 것이 아니라, 차라리 문장과 문장이 교접하는 형태를 내보인다. 말이 촉발되는 순간, 그 틈에 다시 사유의 결들이 문장으로 둔갑하여 대칭을 이루는 구조를 만들어내는 것이다. 가령 "이러한 가정은 화목하여 코끝에 밀려온 바람이 피가 되어 흘러내린다"와 같이 다소 기이하다고 할 수밖에 없는 이 이접(移接)의 문장은 가정의 달에 어느 공원에서 뛰놀며 비눗방울을 부는 아이와 잔디에 내리쬐는 태양열, 나아가 이 태양열(태양에너지)이 대체할 수 있다고 알려진 "원자력"을 차례로 붙들어매는 낯선 인접의 결과를 야기한다. "어린아이"는 "비눗방울"과 마찬가지로 부푸는 동시에 "재미 삼아" 그것을 만들고 있는 주어이기도 하다. 연이 바뀌자 "재미 삼아 발목을 섞는다"는 주어가 불분명해진 상태 속으로 빠져들면서 이어지는 구절 "태양열에 반응하는 잔디"의 행위, 즉 결과로도 읽힐 가능성 속에 놓인다. 이는 병행적 대칭의 결과이다. 무슨 말인가? 첫째 연과 둘째 연을 살펴보자.

비눗방울은 부푼다 어린아이가
재미 삼아 그것을 **낳는다**

재미 삼아 발목을 섞는다
태양열에 반응하는 잔디가
　　　　　　　　　　　—「5월은 가정의 달」 부분(강조는 필자)

병행적 대칭 구조가 선명하게 드러난다. "어린아이"-"잔디", "낳는다"-"섞는다"의 배치는 운문에서 말하는 '각운'(rime)과 같이 대구를 만들어내며, 행갈이를 없앴다고 가정할 때 가능한 "비눗방울은 부푼다 어린아이가 재미 삼아 그것을 낳는다 재미 삼아 발목을 섞는다 태양열에 반응하는 잔디가"와는 상이한 질서 속에서 시가 재편되었다는 사실을 말해준다. 류진의 시는 이와 같은 방식으로 말의 질서를 새로 재편하고, 비동시적인 것을 동시적으로 실현하며 고유한 세계를 그려나간다. 운문에서 운이 교차하듯, 문장이 교차하면서 두가지 사건, 세가지 이야기가 수평적 병치의 사건들로 재구성된다.

러시아에선 타조로 살아가지 않습니다
타조가 블라디보스토크로 살아갑니다

러시아에선 블라디보스토크가 당신으로 살아갑니다 러시아에선
블라디보스토크와 내가 갑니다
러시아에선 구타가 당신에게 갑니다 눈물은

(…)

죽음인 줄 알았지 러시아에선

너의 시야에선

폭설 같은 타조의 깃 속에선

(…)

삼각형을 그립니다

도형 안에서 제일 먼저 고독한 수

삼이지요 내가 그 속으로 들어갔습니다
　　　　　　—「드미트리, 드미트리예비치, 쇼스타코비치,」부분

　시는 러시아 작곡가의 이름을 차용한 제목 '드미트리, 드리트리예비치, 쇼스타코비치'처럼 트라이앵글 구조 속에서 전면적인 병치를 이루어낸다. 문장은 마감되는 대신 절반쯤 잘라먹거나 혹은 절반쯤 저당 잡힌 채, 다른 구절과 연접된 제2의 문장을 수평적으로 배치하는 방식으로 이어진다. 첫째 연과 둘째 연을 다시 살펴보자.

러시아에선 타조로 살아**가지 않습니다**

타조가 블라디보스토크로 살아**갑니다**

러시아에선 블라디보스토크가 당신으로 살아**갑니다** 러시아에선

블라디보스토크와 내가 **갑니다**

러시아에선 구타가 당신에게 **갑니다**

"러시아에선 타조로 살아가지 않습니다"에 무언가 더해지는 동시에 덜어낸 문장이 만들어진다. 멜로디 하나를 또 다른 멜로디의 반주를 통해 부가(附加)하듯 정선율(定旋律)이 하나 주어지고, 이후 여기에 대응하는 선율을 수평적으로 구성하여 반복하면서 변주해나가는 방식으로 일정한 패턴이 유지되는 것이다. 단음계와 장음계가 섞여 음이 진행되는 동안 유지되는 수평적 흐름 속에서 대선율(對旋律)을 발명하는 것처럼 모든 문장이 재배치되었다. 첫 구절에서 마지막 구절에 이르기까지 언술은 인접성을 바탕으로 확장되는 화행의 질서와 시간적 순서를 따르지 않고, 병치를 통해 오히려 강조의 지점("내가 그 속으로 들어갔습니다")이 출현토록 조직된다. "어느 문을 열든 지옥으로 이어진 곳에서 왔다"는 "본다르추크와 마늘꽃게볶음을 먹었다"고 실토하며 저 "명계의 동굴" "명동"을 거니는 「나탈리아 세르게예브나 본다르추크」처럼 세 마디로 구성된 시의 제목 '드미트리, 드미트리예비치, 쇼스타코비치,' 마지막에 쉼표가 붙어 있는 것은, 늘려가고 변주하고, 변주하고 덧붙이는 삼박자의 구조를 시가 반복할 것이며, 이와 같은 열린 구조 속에서 무한한 변주를 시도할 것이라는 사실을 암시한다. 기본적인 구성에 있어서는 「백종원」도 마찬가지이다. 세개의 주된 문장("오래된 야구장이 명물인 도시의 변두리 길을 백종원과 함께 걸었다" "우리는 끝없이 계단을 올랐다 모든 계단은 끝이 난다"("내게는 심판이 있는데 분노가 이 도시의 명물이라고 심판이 말했다")이 병렬적으로 배치되면서, 마치 오른손으로 동그라미를 그리고 왼손으로 별을 부여잡는 방식으로 의미의 차이를 생성해내면서 매우 낯설고 새로운 세계를 열어 보이는 것이다.

　쏘세요! 상기와 같이 본인은 약속한 기한까지 채무를
　변제하지 못하였기에
　　계약에 따라 담보물로 설정된 주요 장기를 비롯한 신체
　전부에 대한 권리를 양도하며 이를 확인하여 분란의 여지
　를 없애고자 이 각서를 작성합니다 으아리

　벗겨진 메아리
　시월 칠일의 서리병아리
　소유하지 않겠습니다
　　　　　　　　　　　　　　　―「신체 포기의 각서」 부분

　심장 속의 들쥐는 포르티시시모로 날뛰네
　이 불협화음을 사랑했다
　　　　　　　　　―「부록: 어찌하여 나는 비겁하고 치사하며
　　　　　　　　　　　　　　　　우아하게 되었는가」 부분

　심장아, 네가 내 비계에서 피를 빌리듯

내가 철창을 바란다 폭설로부터

혈액을 기증받아 내가 징역을 바란다 죽음은 시인의
광대

(…)

죽음은 시인의 광대, 빙글빙글 돌려

주십시오 심벌즈를 들어라

잇몸에 이빨을 씌워라 먹구름을 오게 하라 오는 족족

죽이고 또 물어 죽일 테니

맥문동 맥문동 맥문동 맥문동

—「마음 포기의 각서」 부분

류진의 시집은 "첫 글자에서 마지막으로, 마지막 글자로
부터 처음으로 달려가는 문장들"(「누레예프의 눈보라」)로 포
화를 이룬다. 수평적 배치는 여기저기 들끓는 목소리를 터
뜨리고 균열 속에서 저절로 풀어지는 말을 발명하며, 생각
지 못한 곳에서 떠들썩하게 매듭짓고 "발자국 안에" 찍는
"발자국"으로 전진한다. "검었다 희었다 하면서"(「악몽 망
고」) 구절과 구절이 서로 호응하고, 서로서로 괴롭히며, 멈
추지 않고 다양한 방향을 향해 하나씩 가지를 쳐나가는 이
푸가적 시적 공간에 발을 들인 우리는 흔들려가는 문자의
선형적 연쇄에서 오히려 여백에 집중하거나 대칭이나 대구

를 통해 빚어지는 소리의 변주를 통해, 또다른 방식으로 말해질 수도 있었을 세계, 그 이야기에 귀를 기울여볼 수 있었을 가능성으로 항상 되돌아온다. 이처럼 "으아리"↔"메아리"([아]-[리])가 연에서 미끄러지며 다음 연을 울려내는 대위의 한 방식이라면, "시월 칠일의 서리병아리/소유하지 않겠습니다"는 "시월"="서리"/"시월"="칠일"/"서리"="병아리"/"시월"="서리"="소유"처럼 되돌아오고 나아가고, 나아가고 되돌아오는 점진적 강조를 소리의 교환으로 연주하면서 종국에는 "서리"와 "소유"의 대구를 도드라지게 만들어 '신체 포기' 행위를 강력한 조롱으로 비판하는 목소리를 창출한다. 즉, '소유, 하지 않겠습니다'처럼 읽게 되는 것이다. 대구의 화성(和聲)은 "달아나는도다 손톱 없이 두더지/주머니 없이 캥거루"(「마음 포기의 각서」)처럼 "없이"의 강조로 박탈과 상실과 손상에 저 깊이를 보태거나, "토막 난 채 도마에 귀를 대고 있다"(「불에 탄 나무토막 같구나, 아스케」)나 "망아지랑 맑음이랑 문둥병이 걸어가지요"(「김영만」)처럼 말이 풀리자마자 소리의 유사성에 의해 다시 붙잡아둔 다른 말로 시에 중층의 음역대를 부여하거나 공존이 불가능한 의미의 사슬 하나를 독특하게 엮어낸다. 이러한 방식으로 수평적 인접성 위로 수직적 유사성의 무늬가 입혀지고, 개개의 말이 독특한 리듬으로 한데 어우러지면서 낯설게 하거나 다르게 말하기를 구성하는 작업에 동참한다. "두 열매를 동시에 떨어뜨리"며 "어느 소리가 더 무겁게 떨어"(「다음 대상의 무게를 구하시오」)지는지 재며, 시는 치고 빠지고, 빠지고 다시 입장하는 경쾌한 리듬, 개개의 음을 세게 연주하는 "포르티시시모"에 맞추듯 툭툭 앞으로 치고 전진하지만, 우리를 기다리고 있는 것은 오히려 이상한 낯섦, '시인은 죽음의 광대'가 아니라 오히려 "죽음은 시인의 광대"와 같다고 말하는 저 낯섦, "죽음"–"족족"–"죽이고"–"죽일 테니"처럼 수평과 수직으로 변주되는 비명과 비극의 세계와 그 장소, '헤테로토피아'에서 울려나오는 파열음이나 "불협화음"이다.

> 왜 사람은 봄마다 떨어지는 거야? 왜 봄에는 잔디 줄기가 갈피갈피
> 갈라져? 물으면 나아질까
> 수학채근 웨
> 자꾸 질문하는 습과늘 드리라 할가
> 그으런데 웨 하늘에선 저러케 어두운
> 코가 태어나는 거실까
> 굴뚝에서 기일게 날아와
>
> ──「마죽 무서워」 부분

류진의 시를 우리는 무언가를 계속 덧붙여 기술하고 떼어버리며 나아가는, 그러니까 '가감의 에크리튀르'라고 불러도 좋겠다. 논리적인 구조 안에다 동질적인 의미장에서 이탈한 어휘들을 고르고 재고 헤아리고 들었다 놨다 하며

배치해서 생겨난 난독의 세계는 작품 하나를 통째로 읽고 난 뒤 각 구절을 다시 헤아릴 수밖에 없게 만든다. 낱말, 구, 문장, 단락순을 따르던 기존의 독법은 여기서 역전된다. 가령 1+6+3+9＝19처럼 각각의 항을 더해 19를 얻어내는 게 보통이라면, 류진의 시는 이 절차를 거꾸로 따라가는 방식으로 읽을 것을 주문한다. 문제는 각각의 항, 즉 각각의 문장을 마침내 더했을 때 산술처럼 19라는 논리 정연한 결과를 손에 쥐게 되는 것이 아니라는 데에서 발생한다. 류진의 시는 '대위'(對位)하면서 '대칭'하고, 대칭하면서 대위한다. 병렬적 구조는 수평성을 반복적으로 이끌어내는 전략적 산물이며, 무언가 촉발된 이곳에 세계가 대롱거리면서 한없이 짙어지고, 시는 이러한 방식으로 장소를 만든다. 그것은 공간이 아니라 장소이다. 시는 "작년의 비와 올해의 비 사이를 산다"와 "소리의 재앙과 말씀의 재앙 사이를 산다"가 공존하는 곳, 순간으로만 존재하는 주관적 장소, 현실에 겹쳐져 있는 새로운 가능성의 곳, 획일화된 공간에 기억·경험·상상·상처·역사·감정을 중첩해놓은 주관화된 장소에서 산다. 시는 "잘라낸 몸통 같은 그 발음"(「데데킨트의 절단」)을 살며, 소리와 말씀의 재앙을 산다. "배 속이/죽으로/비좁아서" "스티븐"이 느끼는 "슬픔이 덮개를 밀치고/올라오는 것", 한국어에 서투른 외국인의 발음 위에서 시는 산다. "느낌이 조와요/헤헤/마죽"(「마죽 무서워」), 시는 바로 이 히죽거리는 장소에서 산다. 시는 말을 그 자체로 멈추게 붙잡아두는 장소, 붙잡아둔 말에 의해 열리는 장소에서 살며, 이 시적 장소는 통사를 무너뜨리는 동시에 무너뜨린 통사에서 솟아난 장소이자, 대위하는 문장들과 대칭하는 다면체 위에서 열린 시소(詩所)이다.

절지(絶節)의 어법으로 대칭과 병렬을 주조하며 짝을 맞추듯 교차되는 연은 의미의 단위를 바꿔버리면서 제삼의 길을 연다. 경계는 이전의 그 경계가 아니다. 시의 '모형'인 '제목'은 이 다면체의 시소에 있어서 알리바이이자, 대위하는 문장들의 대선율과도 같다. 「열차포 구스타프」는 "너의 췌장", "네가 삼킨 나의 말을 녹였"던, "잘못 흘린 나의 내면을/남김없이 먹어치웠"던 췌장, 그러나 "야간 비행을 격추해 별을 달아주었"던 "너의 췌장"을 내가 "감각하지 않"고 "더는 감각하지 않"는 이야기를 인류 역사상 구경(口徑)이 가장 큰 이 독일 캐넌포가 포격을 가하듯 배치한다. "눈에 맺힌 물방울"은 "네 열차포가/궤멸적인 타격을 가하는 데 성공"하듯 타격을 주며, "아직" "멀고 뜨거"운 "포신"은 여전히 식지 않은 상실을 뿜어낸다. 문장이 사방에서 봉기한다. 구절과 구절이 화답하는 대신, 열차포의 이미지와 어우러져 분사하듯 폭발한다. "난사하는 작렬하는 사라지는/올 여름의 서늘맞이"는 바로 이렇게 캐넌포의 저 거대한 포구가 연달아 발포를 끝낸 후 제 화력을 식히는 과정과 엉켜붙어 도드라진 주관성의 무늬를 번져낸다.

"환태평양 불의 고리가 보았습니다"로 시작하는 「환태평양 불의 고리」는 용어 해설 "환태평양 조산대 태평양판과 만나는 주변 지각판의 경계면을 따라 지각변동이 활발하여 화산활동과 지진이 빈번하며, 태평양을 둘러싸 고리 모양을 이루기 때문에 '불의 고리'라고 한다"를 한껏 머금는다. 즉, 자료와 정보가 주어를 이룬다. "불의 고리가 보"는 것이다. 시는 이내 "동그라미가 두개나 들어 있"는 저 "기묘한 이름" 중심에서 방사선처럼 사방으로 번져나가며, 가파른 속도로 치달아 어딘가에 당도한다. 간헐적이고 반복적으로 패턴을 바꾸어가며 분열과 수렴이 동시에 이루어진다. 이어서 "동그라미 두개"가 반주처럼 기묘한 방식의 환유를 변주한다. "동그라미 두개"↔"도넛"↔"둥글게 구멍 난 바다의 중심"↔"작은 불의 고리"가 한편에서 말의 약진을 일으킨다. 한 축이 가파르게 변주되자마자 또다른 축 "대양"의 이야기가 가동되기 시작한다. 이 축은 엉뚱한 곳에서 솟아난 것이 아니다. 제목이 알리바이이며, 말을 마저 비우기 전에 바로 그 말에서 촉발된 다른 말, 부적처럼 살아난 말의 말, 말 속의 말이기 때문이다. "누나와 함께 하루하루 자랐"던 이야기가 변주처럼 덧붙어 새롭고도 연속된 고리를 하나 더 연다. "누나"와 "죽음"은 이러한 방식으로 시집에 결부된다. 커다란 줄기의 이야기가 단속적인 단위를 이루는 한편 시의 개별 에피소드에 끼어서 '푸가'의 변주곡처럼 전개되는 형국이라고나 할까? "환태평양 불의 고리"는 이처럼 "고리"와 "대양"이 교차하며 변주된다. 제목은 이어지는 듯 결별하고 결별하듯 결합하는 합주의 목줄을 잡고 있다. 이렇게 "대양의 테두리에 살았던 나"는 "놋쇠 반지가 비워둔 작은 구멍"에서 "하얀 돌 꺼내기"를 실행한다. 수평적 구도를 상실하지 않은 채, 두 부분의 독립성을 보존한 채, 리듬은 이 둘을 섞고 갈라놓고 교접시킨다. "수없이 늘어선 말줄임표에서 빗방울 꺼내기"를 하듯 모조리 소진하면서 "불의 고리에 매달"리며, "불의 고리를 통과하면 어딘가 구겨"진다. "나를 모두 소진해버렸"기 때문이다. 구멍이 나 있는 고리, 서커스에서 우리가 보곤 했던 타오르는 불의 고리, 사자가 통과하는 모습을 보며 신기해했던 이 과거의 고리를 통과하면 멀쩡하기 어렵기 때문이다. 불의 고리가 '구겨지다'라는 행위소를 단박에 끌어안는 독특한 인과성이 이렇게 창출된다. 이 "천사의 고리"는 그것이 '고리'인 이상 "중심"이 비어 있을 수밖에 없으며, 이렇게 '비어 있다'는 "바닥"난 "천국"이라는 인과성에 의해 지탱되는 동시에 지탱되는 순간의 변주도 만들어낸다. '중심이 비어 있다'와 '바닥이 나다'라는 문장이 실행되는 순간, '아무렴'과 '아무렇게', '아무르(amour)', '아무로'('누구누구 아무로 말하자면'처럼 인칭대명사 혹은 지시대명사), '아무로'(Amuro, 즉 캐릭터나 인명을 지칭하는)가 입술을 타고 흘러나온다. 시인은 이 낱말을 외운다. 이 "아무로는 검고 아무로는 일그러졌고 아무로는 짝이 맞지 않"으며, "누나를 버리고 불로 매듭을 묶"어버린다. 낱말은 또다시 변주되는 순간을 만들어내는 동시에 변주의 산물로 되살아난다. 그리하여 말이 되돌아가고 다시 나아간다. 말은 되돌아가면서 지금껏 느슨하게 풀어두었던 낯선 것을 끌어당기고 다시 나아가면서, 지금껏 익숙한 것을 붙잡고 있었던 관성의 자장을 한번 더 벗어난다. "불의 고리"이자 "중심이 비어 있는" "천사의 고리"는 "대신 배설하는 기관 일말의 기울임 일말의 어긋남 양분을 빼앗기고 쇠퇴하는 기관"인 "누나라는 기관"의 역사, 그것의 터전으로 도약한다. 시인은 이와 같은 방식으로 "이 기묘한 고리에 나를 두번 매달았"다고 고백한다. 두개의 동그라미는 마지막 연에서 두번 등장하는 "구멍"이 된다. 그것은 구겨진 내 고리이자 내가 뛰어넘은 고리이며, 또한 "반지 끝에서 떨어지는" '나락의 세계'이다.

계단이 끝나지 않아 정말이지 엉덩이

차갑군 비스마르크여, 식은 용암처럼 뒤틀린 빵이여 그거 아는가 라일락의 삼분의 일은 언두부로

싸늘한 향을 내고 삼분의 일은 기다림의 끝에서 분화하고

삼분의 일은 흩어지더라도 결코 붉지 않겠다고

—「비스마르크 추격전」부분

그렇다. 제목은 씨앗-모형이다. 이 씨앗-모형이 곳곳에서 반복(주제-소재)-변주(맥락)-이접(공존)되며, 대칭의

구조를 짜고 대위의 조직을 견인한다. 시는 독서의 가능성을 일회성에 가두어두는 대신, 마지막 문장에 도달해서조차 처음부터 다시 읽을 수밖에 없는 복수성의 세계를 열어둔다. "오월의 공기가 허물어져/흙에 깃들고 우레가 물러나고 빗물마저/냉담한 아이처럼 눈앞에 떠"오르는 순간에 빚어진 "이곳의 사태"를 시인은 "도무지 따라갈 수 없"다고 말하는 것으로 시를 열고, 이후 시 전반에서는 "비스마르크 추격전"에서 파생된, 혹은 그와 관련된 문장들이 다른 텍스트들 사이에 파묻히면서 화학작용을 일으킨다. "차갑군 비스마르크여, 식은 용암처럼 뒤틀린 빵이여"는 제2차 세계대전의 사건 "비스마르크 추격전"을 어디선가 배우거나 가르치거나 혹은 시청하고 있다는 사실을 고지하는 동시에 (학생에게) 배분된 바로 옆 저 "빵"이 차갑고 딱딱하다는 사실도 아울러 통보한다. "폭풍의 발가락"과 "결함투성이 빨래기계"는 오로지 제목의 변주라는 조건에서만 '나'와 결합된다. 의미 자체가 고정된 문장은 존재하지 않으며, 고립된 문장이 드러설 자리는 시에 없다.

> 오늘의 대기를 무너뜨리면 어제의, 어제의 대기를 부수
> 면 그때의 느낌이
> 허파에서 불타니, 수업이 끝나질 않아 엉덩이
> 차갑군 보아라, 진군하는 책상과, 머리에 왕관을 끼었은
> 학생들을⋯⋯

학생은 인용하길 원합니다 아픔을 외워요
반성할 시간이 없습니다 장칼로 아빠의 목젖을 찌르고
독으로 넘치는 포도주를 들이켜는 시대가 아닙니다

비스마르크호는 결국 추적을 당해 파괴된다. 비스마르크의 오늘이 시에서 무너진다. 어제의 대기가 여기서 부서진다. 그 감각이 허파에 그대로 남아 타오른다. 한편 수업이 끝나지 않는다. 격추된 군함, 저 "엉덩이/차갑군", 종일 지키고 앉은 끈질긴 책상, 거기에는 우유가 놓여 있었던가. '서울우유' 왕관, 목을 젖히고 들이켠다. 이미지가 폭죽처럼 퍼진다. 말이 마감되기 전에, 의미가 굳어 딱딱해지기 전에 다른 것이 불려나온다. 말이 말을 잡아먹고 늘어설 때 폭죽처럼 솟아난 이미지, 그러나 이 역시 말의 소산이다. 말의 장소들, 기이한 처소가 만들어지고 거점이 돌출한다. 비스마르크호를 쫓는다. "따라 달"린다. "놓치지 않"는다. "기필코 잡아낼 것"이라고 다짐한다. *"교훈을 쏘아드리지요? 교훈에/피격당했다면 온전히 떠 있겠습니까"*로 추격전은 다시 변주된다. 다른 문장은 다른 문장이 아니다. 독립된 문장이 턱턱 꽂히나, 고립되는 대신 다른 방식, 즉 기이한 조합과 기발한 대칭으로써 시가 아직 가보지 못한 영토를 여는 일에 몰두한다.

류진의 첫 시집 『앙앙앙앙』은 이러한 방식으로 시에 반(反)한다. "반성할 시간"은 없다. 말미에 붙인 「부록: 어찌하여 나는 비겁하고 치사하며 우아하게 되었는가」를 읽는다. 이 시집은 "여행기를 쓰지 않"고 "반성문을 쓰지 않"으며, "재채기로 너를 다시 살게" 하고 "하품으로 너를 다시 죽게" 한다. 위대한 자의 이름으로 쓰는 시, 시는 위대한 그 시를 비틀거나 변주한다. "따귀의 대중에 취향을 때려라!"처럼 혹은 "입안 가득 씹히는 상념의 머리털"을 쥐어뜯으며 마야콥스키를 뒤틀고, 아폴리네르의 '목 잘린 태양'을 저격하고, 장 주네의 감옥을 거꾸로 매달아 활활 태운다. "장칼로 아빠의 목젖을 찌르고/독으로 넘치는 포도주를 들이켜는 시대"와 이렇게 결별을 선언한다. "씨가 필요 있습니다"와 같은 문장은 이렇게 발명된다. '씨가 필요하다' + '씨가 있다'와 같은 결합, 저 간결성을 바탕으로 시는 고유한 효율성을 성취한다. 이 시집은 "장3화음, 그것만큼은 견딜 수 없다"는 외침, 견딜 수 없는 조화와 화성과 아름다운 멜로디를 "네가 음악의 가랑이를 아이처럼 찢을 때" 번져나오는 변주의 언어, 언어의 대위하는 운동, 대칭하면서 교효하는 조직으로 아예 부수어버린다.

모데라토 칸타빌레의 "안느"와 총성을 듣고
조각조각 떨어진 태양을 수습하기로 했지만

꽃이 축포를 터뜨리는 아래를 너는 걷고 나는 모든 뿔이 촛농처럼 녹아

도로와 비로 울부짖는 내게 혀 없는 경관이 〈딱지〉를
붙였다

(…)
실패했다 실패했다
오른 날개에 열망을 털리고 왼 날개에 희망을 털려
무게 추를 잃은 장난감 독수리처럼
골목에 처박혔을 때

얼갈이배추가 에메랄드야
순무 더미는 다이아몬드
축산물 시장은 보물전 식육전문기계는
금속의 이빨로 박수 치고 웃었지

시는 고상한 세계문학의 문법을 답습하면서 완성되지 않
는다. 시가 추구해야 할 길을 내느라 오늘도 분주한 '순수-
맹세-시마에 들리셨네요?' 따위들, 그것의 역사를 낱낱이
보고하고 섬기느라 분주한 시들을 "실패"가 모조리 집어
삼켜버린다. 시인이 부리는 말은 비범하지 않고, 문장은 고
상하지 않다. 시는 숭고하고 아름다운 언어의 산물이 아니
다. "얼갈이배추"나 "순무 더미"가 "에메랄드"와 "다이아몬
드"일 수 있다. 위로하는 시, 상처를 나누는 따뜻하고 다감
한 시, "장터에 끌려온 염소처럼 질질 짜는/시인"이 되받게

189

되는 두가지 수사의문문은 "잠겨 있는걸?"과 "씹히고 있는 걸?"이다. 시에는 "너희가 자랑처럼 가슴팍에 박제한 인간"이 없다. "나는 끝나지 않는다 내 이야기엔 인간이 없다"라고 시인은 말한다.

케이건 드라카는 어떤가
하나 남은 용맹한 키탈저 사냥꾼
폭풍이 되어 나가의 성벽에 몰아쳤으나 외려
나가의 심장을 지키는 바람벽이 되어버렸다

아나킨은 어떻고?
사랑을 지키려 철의 권좌 앞에 무릎 꿇었지만
잘못을 되돌리기엔 너무 늦어버려
벼락과 흑암만이 투구 속의 눈에 흐르네

또 누구 말인가? 포우 무라사메? 테레즈 데케루? 하얀 마음 백구가
웃긴가? 그리하여

모든 열전의 마침표 안으로 "그리고 죽었다"가 소용돌이치지
꽃으로 가득 찬 회전계단이 서풍에게 소용없듯이

시는 곳곳에 있다.『눈물을 마시는 새』의 케이건 드라카나 기동전사 Z건담의 포우 무라사메, 은하제국군 우주함대의 "키르히아이스"(「전우주멀리울기대회」)는 어떤가? 시인은 "이빨뿐인 몸"이다. 숟가락과 젓가락, 포크와 나이프를 용도에 맞추어 얌전히 놀리는 대신, 그는 "포카락"을 사용한다. 서정시인가요? 서사시인가요? 참여시? 혹은 순수시? 서정과 서사? 전위와 미래? 영웅과 악당은 누가 정하나. 세상에는 편리한 구분이 편재한다. "진실을 암송하려 잇몸을 핥"는 "염소"의 메에메에, 나는 "그 콧김조차 지겹다!" 그리고 당신들의 언어는 낡았다. '참여하라'는 독촉을 시는 목줄로 매야 한다. 앙가주망이 '앙앙앙앙' 부서진다. 앙앙앙앙. 한번 터지고, 네번 변주된다. 이데올로기는 시를 틀에 가두고 목을 조른다. 당신들의 의미는 단일하고 단정해서 철퇴를 휘두른다. 이것은 저것이고 저것은 이것이며, 이것은 이 해석과 일치하고 저것은 저 번역으로만 터전을 마련한다고 당신들은 '수조 안의 빙어가 불쌍해요, 하지만'이라고, '잠꼬대 말고 자기 얘기나 좀 하는 게 어떠냐고?'라고 목이 쉬도록 주장할 뿐이다. "수조 '안의 빙어가 불쌍해요, 하'지만"을, "잠꼬 '대 말고 자기 얘기나 좀 하는게 어떠'냐고?"를 말하지는 않는다. 좀처럼 "엇박자에 올라타 흔들"리지 않는다. "포르티시시모로 날뛰"는 법이 없으며 "불협화음"을 그저 금기시하는 당신들의 저 언어, 그 리듬은 오로지 "장3화음"일 뿐, 너무나 익숙하고 아름다워서 차라리 신물이 나려고 한다.

당신들은 시 대신, 당신들이 시라고 생각하는 무엇, 당신들이 섬기는 시, 그렇다고 믿어 의심치 않는 시, 그 이데올로기만을 백지 위에 덜어내고, "초대받은 자들의 화목"을 나누는 데에만 급급할 뿐이다. '시인이여, 한마디 하시라 세상이 어쩌고 하는 것 너희의 장기 아닌가?'

趙在龍 | 문학평론가

오로지 우리가 톱날 박힌 건초를 씹는다.
피의 원심력과 언어의 구심력으로 우리는 착지한다.

전우주멀리울기대회 (2016)
팀 버케드의 『새의 감각』이 동기를 주었다.
크거나 작게 욺이 아니라 멀리 운다는 것. 대위법.

되겠습니다 (2017)
공동체와 세계문학.
제발 '행복'이란 말 써보기, 반복, 따옴표, 언어의 총동원.

드미트리, 드미트리예비치, 쇼스타코비치, (2018)
쇼스타코비치의(?) 『증언』을 읽으려다 내가 썼다.
대위법, 러시아식 유머, "내게 감사하십시오"라는 태도.

펠리컨 (2019)
스콧 맥클라우드의 『만화의 이해』＝도상에서 상징으로

어둠과 어두움; 나를 더 거리 두어 팽개치기;;

우르비캉드의 광기: 브누아 페테르스의 책 제목.
팔달시장이 집 앞으로……:『맥베스』의 구절을 바꿈.
꿈의 포로 아크파크: 마르크앙투안 마티외의 책 제목.
마리냐가 준 소녀의 인생: 라트비아의 가요 제목이라고 함.
불에 탄 나무토막 같구나, 아스케: 레이프 에스페르 안데르
센의 책 제목.
원쑤의 가슴팍에 땅크를 굴리자: 이용악의 시 제목.
어찌하여 나는 비겁하고……: 트리스탕 차라의 글 제목을 바꿈.

이외 기억해두었다 써먹은 것: 열차포 구스타프, 비스마
르크 추격전, 데데킨트의 절단, 환태평양 불의 고리,『死人の
声をきくがよい(죽은 자의 목소리를 듣거라)』,「바지를 입은
구름」의 "배춧국"

2020년 4월
류진

194

창비시선 443

앙앙앙앙

초판 1쇄 발행 / 2020년 4월 10일

지은이 / 류진
펴낸이 / 강일우
책임편집 / 박지영 박문수
조판 / 한향림
펴낸곳 / (주)창비
등록 / 1986년 8월 5일 제85호
주소 / 10881 경기도 파주시 회동길 184
전화 / 031-955-3333
팩시밀리 / 영업 031-955-3399 편집 031-955-3400
홈페이지 / www.changbi.com
전자우편 / lit@changbi.com

ⓒ 류진 2020
ISBN 978-89-364-2443-5 03810